Val Andrews wurde 1926 in Brighton, England, geboren. Selber Schauspieler, veröffentlichte er bereits mehr als 100 Biographien über seine Kollegen. Von frühester Kindheit an war er ein großer Anhänger von Sir Arthur Conan Doyle, dem »Vater« von Sherlock Holmes. Er verschlang leidenschaftlich alle seine Bücher. Fasziniert von dessen Detektiv-Figur, entschloß er sich, Sherlock Holmes weiterleben zu lassen, und begann neue Kriminalgeschichten zu schreiben.

Von Val Andrews ist außerdem erschienen:

»Sherlock Holmes und die Kronjuwelen« (Band 2898)

Von Val Andrews zusammen mit Ian Wilkes ist erschienen:

»Sherlock Holmes und die verschwundene Prinzessin« (Band 2989)

Deutsche Erstausgabe Februar 1992

Titel der Originalausgabe »Sherlock Holmes and the Brighton
Pavilion Mystery«

Originalverlag Ian Henry Publications
Umschlaggestaltung Manfred Waller
Umschlagillustration Georg Meyer
Satz MPM, Wasserburg
Druck und Bindung brodard & taupin
Printed in France 5 4 3 2 1
ISBN 3-426-03098-5

Einleitung

Vor kurzem besuchte ich das mir liebste Seebad, eines, das immer stimuliert. Denn auf »Dr. Brighton« ist Verlaß: er zaubert gesundes Rot in bleiche Wangen und gibt steifen Gelenken Elastizität zurück. Als ich wieder einmal auf der Promenade wandelte, mich im erholsam dämmrigen Aquarium umsah und eine angenehme Fahrt mit Volks elektrischer Bahn machte, erinnerte ich mich an einen etwas längeren Aufenthalt in dieser Stadt vor vielen Jahren.

Ich muß gestehen, daß mein Freund Sherlock Holmes nur durch meine Unbedachtsamkeit in den Fall verwickelt wurde, den wir schließlich »Das Geheimnis des Brighton Pavilion« nannten. Obwohl man damals erst das Jahr 1906 schrieb, hatte sich Holmes schon von aktiver Ermittlungsarbeit zurückgezogen; aber, wie auch Sie gewiß erwartet hätten, kam er seinem unachtsamen Freund zu Hilfe.

Als ich meinen Freund jüngst in Fowlhaven besuchte, bemerkte er: »Watson, ich glaube, Sie haben Ihren geduldigen Lesern die Geschichte des Falles noch gar nicht zugemutet, der sich vor etwas über zwanzig Jahren in Brighton ereignete. Könnte es etwa sein, daß es Ihnen peinlich ist, Ihre Voreiligkeit einzugestehen?«

Ich muß zugeben, was ich tat, war nicht richtig und meinem Freund gegenüber unfair. Doch wenn ich ihn nicht in das Geheimnis des Brighton Pavilion verwickelt hätte, wäre es wahrscheinlich für immer ein Geheimnis geblieben. Ich schreibe die Tatsachen nun zum erstenmal nieder, schon deshalb, um Holmes zu beweisen, daß ich mich meiner Rolle in diesem Fall entgegen seiner Andeutung nicht schäme.

Dr. med. John H. Watson
Southsea, Juni 1927

Die Urlaubsvertretung

Als mein Freund Sherlock Holmes 1903 seine Arbeit als beratender Detektiv aufgab, um im Ruhestand seinen Hobbys zu frönen, ließ er in meinem Leben eine viel größere Lücke zurück als in seinem eigenen. Immerhin beanspruchten seine Imkerei und die Niederschrift seiner Beobachtungen, die auch für andere Bienenzüchter von Interesse waren, einen Großteil seiner Zeit. Dazu kam, daß er sich jetzt gewiß nicht weniger mit Musik und Philosophie beschäftigte als früher. Nein, nicht er, sondern ich, sein Freund, Helfer und »Mann für alles«, bedauerte das Ende unserer engen Zusammenarbeit. Gewiß, ich hatte meine ärztliche Praxis, aber offenbar übernahmen meine Partner alle interessanten Fälle, und ich hatte das Gefühl, daß meine Position lediglich die eines Aushängeschilds war, was ich als sehr unbefriedigend empfand.

Zum erstenmal in meinem Leben, oder zumindest seit sehr vielen Jahren, hatte ich reichlich Zeit. Ich besuchte häufig Museen und Kunstgalerien, und ein paar Monate lang genoß ich es, daß ich keine Konzerte mehr mit Holmes zu besuchen brauchte. Aber ganz allein ein Mahl im Simpson einzunehmen macht keinen Spaß, und meine Praxispartner hatten sich offenbar verschworen, mir immer weniger Fälle aufzuhalsen — zweifellos aus Rücksichtnahme.

So kam es, daß ich mich im Frühjahr 1906 krank fühlte. Rückblickend weiß ich nun, daß Langeweile die Ursache war, denn ich litt unter keinen bestimmten Symptomen. Ich erinnerte mich an den Rat von Jesus Sirach, »Arzt, hilf dir selber«, und verschrieb mir eine Kur, obwohl ich die Krankheit nicht diagnostizieren konnte. Ich beschloß, während des mir zustehenden Jahresurlaubs den gesamten Juni Vertretung für irgendeinen praktischen Arzt zu machen. Eine so vorübergehende Stellung war für jemanden von meinem Ruf als Mediziner nicht schwer zu bekommen, ja, ich hatte eine beachtliche Auswahl. Ich entschied mich schließlich für eine Urlaubsvertretung in Kemp Town im Osten von Brighton in Sussex. Wenn meine Kur schon aus mehr Betätigung bestehen sollte, konnte die Seeluft nur nützlich sein.

Von der Victoria Station aus machte ich einen Tagesausflug nach Brighton, um alles Nötige mit dem Arzt zu besprechen, den ich vertreten würde. Ich könnte nicht behaupten, daß ich sonderlich von ihm angetan war, und zwar weder von seinem Äußeren noch von seinem Benehmen, denn er hatte ein rotes Gesicht, war arrogant und hatte die Angewohnheit, auf den Tisch zu klopfen, während er Platitüden von sich gab wie: »Mein Niveau ist das höchste, Sir, das höchste.« Oder: »Ich schicke Simulanten immer weg, Sir, schicke sie immer weg.« Ich tröstete mich mit dem Gedanken, daß er auf Urlaub sein würde, während ich seine Praxis führte — er hatte mir erzählt, daß er in Harrogate eine Kur zu machen beabsichtigte —, also weder ich noch seine Patienten durch ihn irritiert würden.

So kam es, daß ich mich Anfang Juni nach Brighton begab, mit der Absicht, vier Wochen zu bleiben. Das Schicksal wollte es anders, doch das konnte ich zu jener Zeit noch nicht wissen.

Das Brighton des Jahres 1906 war nicht mehr das vornehme Kurbad der Regency-Zeit. Es war jedoch auch nicht ganz das Tagesausflugsziel der Londoner, zu dem es alsbald werden würde. In jenen Tagen war es ein blühender Kurort, den Familien der mittleren Schichten eines angenehmen Aufenthalts an der See wegen besuchten. Ich sollte jedoch rasch feststellen, daß die Stadt mehr als reichlich Arbeiter und Handwerker hatte, denen es keineswegs gutging, wenn man das stets volle Wartezimmer als Maßstab nehmen konnte.
Die Praxis befand sich in einem schönen georgianischen Haus, Teil einer einst stattlichen Häuserreihe, der St. George's Terrace. Die Patienten kamen hauptsächlich aus Arbeiterkreisen der Queen's Park Road- und Bedford-Street-Gegend von Kemp Town. Ständig hörte ich Bemerkungen wie: »Mein Alfie 'at Ohrweh«, oder: »Mein Bert sagt, daß mein Bein nicht so dick werden dürft'«. Die meisten Beschwerden waren Mangelerscheinungen infolge leichter Unterernährung und hätten mit Vitamingaben behandelt werden müssen, doch diese Leute weigerten sich, irgend etwas anderes zu nehmen als Tropfen aus den ihnen bekannten Fläschchen und Pillen in vertrauten Schächtelchen.
Zwar glaubte ich nicht, daß meine derartigen Patienten viel von meiner vorübergehenden Anwesenheit profitieren würden, meine eigenen Beschwerden sprachen jedoch rasch auf meine neue Beschäftigung und auf den allabendlichen Spaziergang an, den ich mir selbst verschrieb. Ich schätzte, daß ich mit diesem Marsch vom Paston Place zur Wish Meadow und zurück Abend für Abend etwa vier Meilen zurücklegte. Auf dem Rückweg kam ich manchmal in Versuchung, ein Stück des Weges

Professor Volks »elektrische Bahn« zu nehmen. Es war eine angenehme Fahrt, so an der See entlang und bei Flut stellenweise sogar hindurch. Doch dieses Experiment beweist lediglich, wie ich meine, die gewaltige Überlegenheit der regulären Eisenbahn mit ihren Dampflokomotiven. Volks Bahn ist wirklich nur eine Aneinanderreihung von kleinen Straßenbahnwagen, und man wird sich rasch bewußt, daß das Fehlen des beißenden Dampfgeruchs einem jegliche Illusion raubt, in einem »richtigen« Zug zu sitzen.

An einem angenehmen Abend, als die Sonne über Worthing unterging und ich wieder mit Volks Bahn fuhr, musterte ich insgeheim den einzigen Fahrgast, der sich außer mir im Waggon befand. Er trug einen Straßenanzug von guter Qualität, der allerdings nicht ganz der neuesten Mode entsprach. Sein gepflegter Bowler und der ordentlich gefaltete Schirm verrieten mir, daß er ein ordnungsliebender Mann war. Ich begann, diese Beobachtungen auf die Art meines Freundes Sherlock Holmes auszuwerten.

Ich schätzte sein Alter auf etwa fünfunddreißig und schloß aus seiner Haltung auf einen militärischen Lebenslauf. Seine Schuhgröße, elf oder zwölf, deutete auf ein Infanterieregiment hin. Sein Dienstgrad war vermutlich Sergeant oder ein anderer Unteroffiziersgrad, und seine Zivilkleidung sowie sein Alter ließen mich annehmen, daß er nicht aus der Armee ausgeschieden, sondern auf Urlaub war. Seine Sonnenbräune mochte er einem südlichen Standort verdanken, in Indien vielleicht.

Ich hätte gern erfahren, ob meine Beobachtungen den Tatsachen entsprachen, so gewann meine Neugier die Oberhand über meine natürliche Zurückhaltung, und ich

sprach ihn an. »Ein schöner Abend ... Erinnert mich an die Sonnenuntergänge in Afghanistan.«
Er bedachte mich mit einem nachdenklichen Blick und entgegnete: »Da kann ich leider nicht mitreden, da ich noch nie im Osten war.«
Ich verfolgte weiterhin die militärische Spur. »Natürlich. In meinem Alter vergißt man, wie jung andere sind. Zweifellos sind Sie mit dem Klima in Südafrika vertrauter?«
Der Burenkrieg lag jedenfalls nicht so weit zurück, daran könnte er durchaus teilgenommen haben.
Aber wieder hatte ich daneben geraten. Er erklärte mir: »Sir, ich habe nie in den Streitkräften Seiner Majestät gedient. Ich bin Kriminalbeamter, Inspektor Reynolds von der Brightoner Polizei.«
Sein Vertrauen schmeichelte mir, aber ich schämte mich ein wenig meiner plumpen Neugier. So händigte ich ihm mit einer knappen Verbeugung und gemurmelten Entschuldigung meine Karte aus. Er studierte sie und sagte: »Dr. John H. Watson! Also das ist ein Name, mit dem sich etwas anfangen läßt. Ich kann mir gut vorstellen, daß Sie es leid sind, wenn die Leute sich einen Spaß daraus machen, sich nach Ihrem Freund, dem großen Detektiv, zu erkundigen. Trotzdem«, er lächelte zum erstenmal seit unserer kurzen Bekanntschaft, »glaube ich nicht, daß Sie etwas gegen die Einnahmen hätten, die diesem anderen Dr. Watson seine Geschichten einbringen.«
Als ich Inspektor Reynolds versicherte, daß ich selbst ebendieser Dr. Watson war, zweifelte er nicht im geringsten an meiner Ehrlichkeit. Offenbar war er daran gewohnt, die Redlichkeit anderer richtig einzuschätzen. Er erwiderte: »Nun, Dr. Watson, es ist mir eine echte Ehre, Sie kennenzulernen. Ich folgte im *Strand*-Magazin seit

meiner Schulzeit aufmerksam Ihren Schilderungen der Abenteuer Ihres Freundes. Und ich muß zugeben, als Sie dann in *Das letzte Problem* von Mr. Holmes' Tod berichteten, weinte ich sogar, obwohl ich damals bereits zwanzig war. Und als junger Konstabler war ich glücklich zu lesen, daß die Nachricht von seinem Tod voreilig und glücklicherweise nur eine Mischung aus Alptraum und Indizien gewesen war. Doch ich muß gestehen, nachdem Sie geschrieben hatten, daß er in den Ruhestand getreten war, fand ich, er habe das Richtige getan. Sie geben gewiß selbst zu, daß Sie in Ihren Geschichten die Unübertrefflichkeit seiner Methoden hochgespielt und die Arbeit der Polizei herabgesetzt haben. Er hat zweifellos erkannt, daß die Ermittlungen durch Scotland Yard ein so hohes Niveau erreicht hatten, daß seine Amateurbemühungen nicht mehr mithalten konnten. Er war der Bahnbrecher, der schließlich überholt wurde!«

Sie fragen sich wahrscheinlich, lieber Leser, wie ich es schaffte, einem Mann gegenüber höflich zu bleiben, der die Arbeit des größten Detektivs der Welt zuerst lobte und dann geringschätzig abtat. Aber Sie dürfen nicht vergessen, daß ich im Lauf der Zeit Erfahrung mit so undankbaren Menschen wie Lestrade und Gregson gemacht hatte. Bei seinen nächsten Worten allerdings fiel es mir außerordentlich schwer, meine Beherrschung zu bewahren.

Er sagte: »Um nur ein Beispiel zu nennen. Ich arbeite gerade an einem sehr komplizierten Fall. Vielleicht ist er mit normalen Polizeimethoden zu lösen, vielleicht auch nicht. Jedenfalls aber ist er von einer Art, die Ihr Freund mit seinen Deduktionen nicht aufklären könnte, darauf würde ich fünf Sovereigns wetten.«

Ich bin keine Spielernatur, aber unwillkürlich rief ich hier: »Abgemacht!«
Kaum war das Wort über meine Lippen, entsetzte mich die unverzeihliche Reaktion, die mich überwältigt hatte. Holmes hatte sich ins Privatleben zurückgezogen, und ich hatte kein Recht, wahrhaftig nicht das geringste, ihn einer Wette wegen zu belästigen. Zu meiner Verteidigung kann ich nur einwenden, daß Holmes' Ruf auf dem Spiel gestanden hatte und ich mich verpflichtet fühlte, ihn zu verteidigen.
Von dieser Wette abgesehen war Reynolds kein übler Bursche, und seine Worte drückten Respekt sowohl für Holmes als auch für mich aus, trotz der bereits erwähnten Illusion, der er sich hingab. Ich hatte so gut wie keine Bekannten in Brighton und fand ein wenig Gesellschaft recht angenehm. Deshalb nahm ich seine Einladung auch gern an, als er mich fragte, ob ich ihm die Ehre erweisen würde, mit ihm in einem Lokal zu Abend zu essen. Er führte mich in eine Imbißstube — Restaurant wäre wahrlich die falsche Bezeichnung dafür! —, an deren Fassade ich in Riesenlettern den Namen »William (Nummer eins) Harris, Würstchenkönig« lesen konnte. Es gab keine Decken auf den Tischen, und zu der Menage gehörte eine Flasche mit etwas sehr Merkwürdigem, das, wie ich nach vorsichtigem Kosten feststellte, aus Tomaten gemacht war. Die Bedienung ließ zu wünschen übrig, aber ich mußte zugeben, daß Mr. (Nummer eins) Harris tatsächlich der »Würstchenkönig« war. Reynolds hatte für uns beide bestellt: »Zweimal Luftschiffe mit Püree«. Für einen Stammgast des Simpsons war das wie eine fremde Welt. Ich beglückwünschte Reynolds zu seiner Wahl des Lokals und des Menüs. Er grinste und sagte: »Ich bin nur ein ein-

facher Mann, Doktor, und gehe nicht in vornehmen Restaurants wie dem Harry Preston ein und aus. Ich kam zum erstenmal hierher, als ich im Dienst war und einen Verdächtigten beschattete. Als ich ihn festnahm, mißbilligte ich zwar sein Vergehen, nicht jedoch die Wahl seines Eßlokals.«

Als das Geschirr abgeräumt war und wir bei dampfend heißem Kaffee saßen, sagte Reynolds: »Ich möchte auf gar keinen Fall, daß Sie sich an unsere Wette gebunden fühlen.«

Als ich großspurig abwinkte, fuhr er fort: »Gestatten Sie mir, daß ich Ihnen erst einmal die Fakten alle darlege, ehe Sie sich entscheiden. Bei dem Fall geht es um eine Dame mittleren Alters, eine verwitwete Mrs. Dorsinda Hass, die in ihrem eigenen Haus in der Preston Street wohnt. Sie und eine unbekannte männliche Person sind unter außerordentlich mysteriösen Umständen verschwunden.«

Ich zündete mir eine Zigarre an und Inspektor Reynolds sich eine Zigarette, die er einem Lederetui entnahm.

Der Kriminalbeamte berichtete weiter. »Wie ich bereits erwähnte, gehört Mrs. Hass (falls sie überhaupt noch lebt) das Haus. Die Wohnung im oberen Stockwerk ist an eine Mrs. Hughes vermietet, eine ältere Dame, die offenbar respektabel und zuverlässig ist. Spät in der Nacht des 2. Juni wurde diese Dame durch eine heftige Auseinandersetzung aufgeschreckt, die aus dem von Mrs. Hass' bewohnten Teil des Hauses im Parterre kam, und die lauten Stimmen waren zweifellos die von Mrs. Hass selbst und von einem Mann, der Mrs. Hughes der Stimme nach fremd war. Da sie Bedenken wegen Mrs. Hass' Sicherheit hatte, rannte Mrs. Hughes auf die Straße und rief nach einem Konstabler. Glücklicherweise befand sich einer in der Nähe, denn diese Gegend wird gut patrouilliert, und er eilte sogleich herbei. Nachdem sie ihm die Lage erklärt

hatte, klopfte der Schutzmann laut an Mrs. Hass' Wohnungstür. Da sie nicht aufgemacht wurde und aufgrund von Mrs. Hughes' Besorgnis, brach er die Tür ein.«
Reynolds machte eine Pause. Er spürte offenbar, daß er es sich leisten konnte, da ihm meine ungeteilte Aufmerksamkeit galt. Ich erkundigte mich: »Was hat er vorgefunden?«
Er lächelte breit und sagte: »Das ist es ja eben, Doktor. Er fand nichts, gar nichts.«
Ich ließ mir des Inspektors Rätsel kurz durch den Kopf gehen, dann fragte ich: »Hätten sie das Haus durch eine Hintertür verlassen können?«
Er schüttelte den Kopf. »Es gibt gar keine Hintertür, und sämtliche Fenster sind zum Schutz vor Einbruch vergittert.«
Ich versuchte es anders: »Hätten sie durch die Vordertür weggehen können, während die alte Dame den Konstabler rief?«
Wieder verneinte Inspektor Reynolds. »Dann wären sie an Mrs. Hughes vorbeigekommen, die auf der Außentreppe stand, von der sie nicht wegging. Außerdem war der Konstabler so rasch da, daß er die beiden hätte weggehen sehen.«
Ich spielte meine letzte Karte aus. »Und wäre es nicht möglich gewesen, daß sie durch Mrs. Hughes' Teil des Hauses verschwanden?«
»Nein.« Der Inspektor schüttelte den Kopf. »Der Konstabler nahm die Aussage von Mrs. Hughes in ihrer Wohnung auf. Und vergessen Sie nicht, die alte Dame stand im Treppenhaus, während der Schutzmann in Mrs. Hass' Wohnung nachschaute. Sie hätten nicht unbemerkt an ihr vorbeikommen können. Das Haus wurde danach gründlich durchsucht und wird seither ständig über-

wacht. Übrigens gab es, soviel wir feststellen konnten, keinerlei Anzeichen von Raub. Es wurde nichts beschädigt, und es weist auch keine Unordnung auf einen Kampf hin.«

Ich versuchte es weiterhin mit logischer Überlegung. »Könnte dieser Unbekannte Mrs. Hass ermordet und ihre Leiche versteckt haben?«

»Wo?« fragte Inspektor Reynolds.

Ich dachte nach, dann antwortete ich: »Vielleicht unter dem Fußboden?«

Reynolds lächelte und entgegnete, daß es bemerkt hätte werden müssen, wenn irgendwelche Dielenbretter gelöst worden wären. Dann fügte er hinzu: »Und wenn, hätte ja auch der Mann selbst darunter sein müssen!«

Da William (Nummer eins) Harris keinen Wein oder sonstige alkoholische Getränke zu seinen Luftschiffen ausschenkte, zogen wir uns in ein Pub zurück, wo ich, während wir unseren Kognak genossen, die Wette als unmittelbares Gesprächsthema zu vermeiden suchte. Schließlich sah ich mich jedoch gezwungen zu bemerken: »Nun, Reynolds, das hört sich wahrhaftig wie ein Rätsel an, das Mr. Sherlock Holmes' Aufmerksamkeit würdig wäre.«

Er antwortete: »Ich kann mir nicht vorstellen, wie selbst er etwas ausrichten könnte, wo die gesamte Brightoner Polizei nicht weiterkam.«

Das bedeutete, daß ich meine Wette einhalten mußte, und ich erklärte mich bereit, mich alsbald mit Sherlock Holmes in Verbindung zu setzen. Danach bedankte ich mich bei Inspektor Reynolds höflich für ein »interessantes« Abendessen und verabschiedete mich von ihm.

Ich kehrte nicht direkt nach Kemp Town zurück, denn was ich gehört hatte, beschäftigte mich so sehr, daß ich mir das Haus in der Preston Street ansehen wollte. Also wandte ich mich wieder der Promenade zu, bog jedoch nach rechts statt nach links ab und marschierte die etwa Viertelmeile zum unteren Ende der Preston Street, dann ging es etwas langsamer steil hoch, Richtung Western Road, und kam, ehe ich diese Haupteinkaufsstraße erreichte, an Mrs. Dorsinda Hass' Haus vorbei, das ich daran erkannte, daß ein Konstabler stoisch davor Wache stand.

Die ganze Preston Street war eine Mischung vergangener Größe und gegenwärtiger Ärmlichkeit, genau wie das Haus, das ich hatte sehen wollen. Es war im liebenswürdigen Regency-Stil aus großen Steinblöcken erbaut, nicht aus kleinen Ziegeln, und obgleich die Farbe stellenweise abgeblättert war, bestand kein Zweifel, daß es ein vornehmer Besitz gewesen war. Es hatte eine Wappenlilie über dem Eingang, doch in Brighton war das nicht ungewöhnlich.

Da es schon spät war und ich befürchtete, der Schutzmann könnte mein Interesse an dem Haus falsch auslegen, ging ich daran vorbei, ohne stehenzubleiben. Der Konstabler legte jedoch grüßend die Fingerspitzen an seinen Helm und sagte: »Gute Nacht, Sir«. Da dachte ich, daß sorgfältige und geschmackvolle Kleidung sowie korrekte Haltung eben doch von Vorteil sein können.

Im Haus in der St. George's Terrace schlief ich in dieser Nacht sehr unruhig und träumte von Sherlock Holmes' Unmut, weil ich ihn bei seiner Imkerei störte, möglicherweise ausgerechnet zu einer Jahreszeit, die für die Bienen von besonderer Wichtigkeit war — und noch dazu einer gewöhnlichen Wette wegen!

für das Haus in der [illegible] [illegible] [illegible]
[illegible] wieder der [illegible] [illegible]
[illegible] nach [illegible]
[illegible] [illegible] Stadt [illegible]
[illegible] noch [illegible]
[illegible] Hampstead [illegible]
[illegible]
[illegible]
[illegible]

Da [illegible] eine [illegible]
[illegible] und [illegible]
[illegible]
[illegible]
[illegible]
[illegible]
[illegible] Nähe [illegible]
[illegible]
[illegible]

Da [illegible]
[illegible]
[illegible]
[illegible]
[illegible]
[illegible]
[illegible] Haus [illegible] von [illegible]
[illegible]
[illegible] von [illegible]
[illegible]
[illegible]
[illegible]
[illegible]

Ein Besuch in Fowlhaven

Am nächsten Tag barst das Wartezimmer schier vor Patienten, denn in der Stadt war die Sommergrippe ausgebrochen. Ich konnte deshalb meine Reise nach Fowlhaven erst am Tag danach antreten, nachdem ich Holmes meinen Besuch depeschiert hatte. Die Antwort war typisch: SIE SIND MIR HERZLICH WILLKOMMEN ALTER FREUND STOP BITTE BRINGEN SIE GENIESSBAREN WEIN MIT STOP SHERLOCK HOLMES. Mein Freund hat nie gelernt, daß man sparen kann, wenn man Telegramme kürzer faßt. So machte ich mich denn am Sonntag auf den Weg, mit zwei Flaschen Sauternes, dem einzigen Wein, dessen ich mich in dem mir zeitweilig zur Verfügung stehenden Keller brüsten konnte.

Ich reiste per Zug von der London Road Station in Brighton nach Polegate, dem Fowlhaven am nächsten liegenden zivilisierten Ort, und beendete die Expedition in einem Gig, das ich am Bahnhof mietete, nachdem ich den Kutscher angewiesen hatte, mich am Abend wieder abzuholen.

Eine Mrs. Sinclair, eine Schottin mit strengem Gesicht, ließ mich ein. Holmes war nirgendwo zu sehen, aber sie versicherte mir, daß er in Kürze zurück sein würde. Als ich mich nach seiner Gesundheit erkundigte, antwortete sie: »Ihm geht es gut, aber er ist manchmal recht schwierig, und er beharrt darauf, mich Mrs. Hudson zu nennen.«

Ich ließ mich in einem tiefen Sessel mit Cretonneüberzug nieder und betrachtete all die vertrauten Dinge, die auch in diesem Wohnzimmer ihren Platz gefunden hatten: die

Violine, die Pfeifen und der türkische Pantoffel für den Tabak, die Notizbücher und Alben, die Chemikaliengläser und Laborgeräte. Nichts aus dem Wohnzimmer in der Baker Street fehlte, und an den Wänden hingen die Porträts der königlichen Familie und die gerahmte Fotografie von Irene Adler (zweifelhaften Angedenkens). Aber es gab auch so manches, was mir nicht bekannt war. Beispielsweise Bienenschleier, Teile alter Bienenstöcke und Waben, glücklicherweise unbewohnt, Bücher über Bienenhaltung, und überall lagen Notizen in Holmes' Handschrift herum, die zweifellos nur er zu entziffern vermochte. Noch eine Neuheit war ein Instrument in einem Kasten aus Eichenholz, auf dem »Phonophone« stand und aus dem ein Schalltrichter herausragte, der dem eines Waldhorns Ehre gemacht hätte. Neben diesem Instrument lagen mehrere Gegenstände, die ich nur als Walzen bezeichnen kann und die jener ähnelten, wie sie bei einer Schreibmaschine zu finden sind.

»Wie schön, Sie wiederzusehen, Watson, mein alter Freund. Ich gratuliere Ihnen zu Ihrem Entschluß, eine ärztliche Vertretung zu übernehmen.« Holmes hatte einen überraschenden »Auftritt« gehabt wie ein Dämonenkönig in einer Pantomime, indem er sich durch ein offenes Fenster aus dem Garten ins Zimmer geschwungen hatte. Er war hager wie immer, aber vielleicht weniger blaß als in meiner Erinnerung. Er trug eine Lamajacke und einen Panama von der Form seiner Bienenstöcke und statt des gestärkten Linnens, wie ich es aus der Baker Street gewöhnt war, ein am Hals offenes Krickethemd mit einem buntgemusterten Tuch.

Als wir einander die Hand schüttelten, stellte ich ihm die erwartete Frage, woher er wußte, daß ich eine Urlaubsvertretung übernommen hatte. Er erwiderte: »Ihre Sonnenbräune verrät, daß Sie sich mehr als nur ein paar Tage an der See aufgehalten haben, doch die Spuren, die Ihr Stethoskop am Hals hinterläßt, haben sich nicht verflüchtigt, wie sie es im Verlauf eines Urlaubs täten. Außerdem kann ich mir nicht vorstellen, daß Sie Ihre Adresse auf Dauer geändert hätten, ohne Ihren ältesten Freund zu informieren.«

Aus Höflichkeit drückte ich meine Bewunderung für seine vortreffliche Beobachtung aus. Ich murmelte: »Ich sehe, daß Sie nichts von Ihrem deduktiven Scharfsinn eingebüßt haben, Holmes.« Seine nächsten Worte überraschten mich jedoch so sehr, daß ich ihn der Hexerei oder Hinterlist verdächtigte, wobei ich vorzog, an letztere zu glauben.

Er fragte: »Und mit welchem mysteriösen Fall hat die Brightoner Polizei Sie dazu gebracht, mich auf die Probe zu stellen?«

Ich erwiderte erfreut: »Holmes! Sie haben also bereits mit Inspektor Reynolds gesprochen, denn anders könnten Sie nichts davon wissen!«

Er lachte schallend und sagte: »O Watson, ich gestehe ja ein, daß ich bei meinen Folgerungen von naheliegenden Vermutungen ausging, aber offensichtlich habe ich den Nagel auf den Kopf getroffen! Ich hatte bereits festgestellt, daß Sie sich aus beruflichen Gründen in Brighton aufhalten — übrigens, ganz nebenbei, bemerke ich, daß Sie in Ihrem gegenwärtigen Domizil keine Dienstboten haben. Sie speisten kürzlich in einem Lokal, das sich Harris's nennt und sowohl von Gesetzeshütern als auch von Gesetzesbrechern frequentiert wird, was sich häufig von gegenseitigem Vorteil erweist, da es dadurch zu gewissen

Schlichtungen kommt. Nun würden Sie ganz gewiß nicht von sich aus ein solches Eßlokal besuchen, sondern sich, dessen bin ich sicher, für ein Restaurant wie Harry Prestons entscheiden. Das bedeutet, daß ein Bekannter sie dorthin mitnahm, und da Sie sich zweifellos eher mit einem Polizisten anfreunden als mit einem Verbrecher, wird die Sache durchschaubar. Sie gingen also mit einem Polizeibeamten dorthin, der, wie Sie mir selbst sagten, ein Inspektor Reynolds ist. Sie sehen also, daß ich weder Gedankenleser noch Zauberer bin.«

Ich stammelte: »Das erklärt es aber nicht wirklich. Sie haben mir nicht gesagt, woher Sie wissen, daß ich bei William Harris aß.«

Holmes füllte eine Pfeife aus dem Pantoffel. »Oh, habe ich die Soße nicht erwähnt?«

Ich zweifelte schon ein wenig an seinem Verstand und dachte, daß ihm die Landluft vielleicht abträglich sei. »Welche Soße?« fragte ich.

Er zündete die Pfeife mit einem Streichholz an und verschwand alsbald fast in einer Rauchwolke. »Eine Soße, wie es sie in Brighton nur in jenem Speiselokal gibt, sie wird aus Tomaten hergestellt. Ein bißchen was davon klebt getrocknet an Ihrer Weste. Also wirklich, Watson, wenn Sie vorhaben, noch geraume Zeit in Brighton zu bleiben, sollten Sie sich einen Diener leisten, der sich Ihrer Kleidung annimmt!«

Ich war benommen und wünschte mir nur, Reynolds wäre hier, dann würde auch er den scharfen Verstand bewundern, der meinen Freund schon so lange auszeichnet und der auch im Lauf der Jahre nicht im geringsten nachgelassen hat. Und dann brachte Holmes es auch noch fertig, daß sich mir die Härchen am Nacken aufstell-

ten wie einst beim überraschenden Anblick einer Kobra in Indien.
Er fragte mich: »Versprachen Sie ihm, mich zu bitten, bei einem Fall behilflich zu sein, oder gingen Sie gar so weit, fest für mich zuzusagen?«
Ich hatte regelrecht Angst, ihm die Wahrheit zu gestehen, aber ich wappnete mich mit Mut und erwiderte mit verlegenem Gesicht: »Noch schlimmer, Holmes ... Reynolds sagte, er würde wetten, daß Sie einen Fall, an dem er gerade arbeitet, nicht lösen könnten — und — und ... Ich nahm die Wette an ...« endete ich kaum hörbar.
Holmes ging nicht sogleich auf mein Geständnis ein oder vielmehr auf die Ungeheuerlichkeit meiner Anmaßung, wie ich fand. Statt dessen begutachtete er die Weinflaschen, die ich auf sein Telegramm hin mitgebracht hatte. Während er die Etiketten studierte, murmelte er: »Sauternes, 1901. Wohl kaum ein bemerkenswerter Jahrgang und gekauft, wie ich feststelle, bei Salisbury in der St. James' Street in Brighton. Aber er dürfte auf jeden Fall den Geschmack von Mrs. Hudsons Gemüseauflauf verbessern.«
Ich war noch viel zu verlegen wegen der Wette, als daß ich mich zu dem Zeitpunkt gefragt hätte, wie Holmes abgeleitet hatte, in welchem Geschäft der Wein erstanden war, oder ihn zu rügen, weil er die gute Mrs. Sinclair nicht bei ihrem eigenen Namen nannte — übrigens erwies sich ihr Auflauf als ebenso köstlich wie einer, den unser guter Geist in der Baker Street hätte kreieren können.
Nach dem Essen, als wir gemütlich pafften, forderte Holmes mich endlich auf: »Erzählen Sie mir, wie mysteriös dieser Fall ist, daß Inspektor Reynolds meint, nicht einmal ich könnte ihn lösen.«

Ich berichtete Holmes eingehend von diesem seltsamen Verschwinden der Mrs. Dorsinda Hass, und zwar fast Wort für Wort, wie Reynolds vor Tagen mir davon berichtet hatte. Holmes stellte fast genau dieselben Fragen wie ich damals, infolgedessen konnte ich ihm die amtlichen Antworten geben. Aber da er Sherlock Holmes war, fielen ihm noch weitere Fragen ein, die ich leider nicht so leicht zu beantworten vermochte.

»Welcher Art ist dieses Haus in der Preston Street?« Ich entgegnete, daß es offenbar im Regency-Stil erbaut war, mußte jedoch gestehen, daß ich nur die Fassade gesehen hatte.

Er winkte großmütig ab. »Nicht so wichtig. Ich werde es mir näher ansehen, wenn ich in Brighton bin.«

Mein Herz schlug bei diesen Worten höher. »Sie werden also kommen?«

Er lächelte väterlich und sagte: »Mein lieber Watson, ich werde doch einem alten Freund in seiner Stunde der Not, auch wenn er diese durch Unüberlegtheit selbst herbeigeführt hat, nicht die Hilfe versagen.«

Angesichts dieser Großmut konnte ich kaum abwehren, als Holmes nach dem Abendessen seine Violine nahm und sie rasch stimmte, mit der unverkennbaren Absicht zu spielen. »Ein ganz besonderer Ohrenschmaus für Sie, Watson«, versprach er. »Achten Sie auf mein neues Spielzeug!«

Er gab eine Walze auf das Instrument im Eichenkasten und schwenkte einen Arm dieses Geräts, aus dem eine Nadel ragte. Nachdem er einen Schalter betätigt hatte, ertönte ein mahlendes und sirrendes Geräusch, dem schließlich die Klänge eines ganzen Orchesters folgten, allerdings etwas gedämpft. Natürlich hatte ich schon von

Phonographen und Grammophonen gehört, jedoch noch nie die Demonstration einer dieser Maschinen erlebt. Das Stück war erkennbar — es war von Brahms —, bis Holmes anfing mitzufiedeln. Ich ahnte, daß es ihn viel Mühe gekostet hatte, seine Violine so zu stimmen, daß sie mit den Instrumenten auf der Walze harmonisierte. Als die Darbietung gnädigerweise endete, fragte er mich, ob ich mich über eine Zugabe freuen würde, da erinnerte ich ihn rasch, daß das Gig aus Polegate jeden Moment hier sein müßte.

Bis der Zweiräder tatsächlich eintraf, hatte sich Holmes umgezogen. Er trug nun einen Straßenanzug mit weißem Hemd und Krawatte und griff, als er das Räderrollen hörte, nach einem breitkrempigen dunklen Hut und einem Malakkaspazierstock. Er hatte ein paar Sachen zum Wechseln in einen Koffer gepackt, doch offenbar beabsichtigte er nicht, einen Überzieher mitzunehmen. Jedenfalls erklärte er: »Eine Hitzewelle steht bevor, die bis fast zum Ende des Monats anhalten wird. Habe ich Ihnen eigentlich schon gesagt, daß ich Experte in der Wettervorhersage geworden bin, seit ich Imker wurde? Sollte es mir bis Monatsende nicht gelungen sein, Ihr kleines Rätsel zu lösen, werde ich meinen Ruf und Sie Ihre Wette verloren haben, und dann würde ich eine Abkühlung verdienen!«

Ehe wir von Fowlhaven aufbrachen, fühlte ich mich verpflichtet, mich zumindest nach der Versorgung seiner Bienen zu erkundigen. Holmes tat es großmütig ab. »Ich habe einen Nachbarn, mit dem ich gut auskomme, er wird sich um sie kümmern, wenn meine Haushälterin es für nötig hält. Wie oft habe ich Sie schon von Ihren Patienten weggerissen, wenn es um einen Fall ging?«

Im Zug von Polegate nach Brighton beschäftigte sich

Holmes offenbar bereits mit dem Problem, das ich ihm aufgehalst hatte. Er redete jedoch nicht darüber, außer daß er bemerkte, »Dorsinda Hass« sei ein ungewöhnlicher Name. »Wie schreibt sich der Familienname, Watson?«

Nachdem ich ihn buchstabiert hatte, meinte er, er sei offenbar deutschen Ursprungs, würde aber gewöhnlich eher »Haas« oder »Haß« geschrieben, statt »Hass«.

Mein Freund drückte sich wohlgefällig über das Aussehen des Hauses in der St. George's Terrace aus und fand es bewundernswert, wie gut die Regency-Treppe im schwarzweißen Schachbrettmuster erhalten war. Er sah, daß das Haus vier Stockwerke hatte und unterkellert war, und sagte: »Ich stelle fest, daß der Arzt, der normalerweise hier wohnt, kein Hauspersonal hat, sondern eine Zugehfrau.«

Das stimmte tatsächlich, aber es war mir nicht klar, wie er das so schnell erkennen konnte.

Er erwiderte: »Sehen Sie doch selbst, Watson. Die Treppe, die ich gerade bewunderte, ist makellos, ebenso wie der Anstrich im Treppenhaus, das ist nur durch regelmäßige Pflege möglich.«

»Aber wieso kommen Sie auf eine Putzfrau? Es könnte doch auch ein Hausmädchen sein.«

»Weil die Klingelschnüre, mit denen man Dienstboten ruft, nicht vorhanden sind.« Er deutete in eine Wandvertiefung, in der sich die Glocken befanden, und tatsächlich fehlten ihnen die Schnüre, die sie zum Ertönen gebracht hätten.

Holmes war zufrieden mit der Schlafkammer, in die ich ihn führte. Sie befand sich wie meine im obersten Stockwerk und war ursprünglich zweifellos für Dienstboten gedacht. Der Arzt hatte seine Privaträume im ersten und zweiten Stock, während die Praxis sich natürlich im Parterre befand. Dadurch, daß sein Zimmer so hoch lag, konnte Holmes den Verkehr auf der nahegelegenen St. James' Street sehen — oder vielmehr würde er es am nächsten Morgen können. Ich sollte jedoch darauf hinweisen, daß es nicht viel zu sagen hat, wenn Sherlock Holmes mit einer Unterkunft zufrieden ist, ich erinnere nur daran, daß er sich auch in dieser Behausung auf Dartmoor wohl fühlte, die noch aus der Steinzeit hätte stammen können.

Ich hatte, seit ich hier einzog, mein Bestes getan, Dr. FitzRoys Räumlichkeiten genauso zu halten, wie er sie mir überlassen hatte. Doch ich war machtlos, als Sherlock Holmes einzog. Egal, wo er gesessen hatte, es blieb immer ein Häufchen Asche zurück, und wann er auch etwas in die Hand nahm, er gab es nie wieder dorthin zurück, von woher er es geholt hatte. Ihm mißfiel FitzRoys Auswahl an Lektüre, was ihn jedoch keineswegs davon abhielt, jedes einzelne Buch zur Begutachtung aus den Regalen zu nehmen, ohne auch nur eines wieder zurückzustellen.

Ich war gerade dabei, mich zu freuen, daß er zumindest seine Geige nicht mitgebracht hatte, als mein Freund etwas Kleines aus seiner Jackettasche holte, dem er ein ohrenbetäubendes Kreischen entlockte. »Eine Rohrpfeife, Watson«, erklärte er. »Ein Nachbar, ein alter Landmann, zeigte mir, wie man sie aus Schilf anfertigen kann, das ganz in der Nähe meines Bienenhauses wächst. Können Sie sich vorstellen, daß sie in einem Umkreis von acht Meilen gehört werden kann, wenn man sie richtig benutzt?«

Ich versicherte ihm, ich glaubte es und sei überzeugt, daß er sie richtig benutzte.
Dann demonstrierte mir Holmes, wie sich auf dieser selbstgefertigten Rohrflöte mit Hilfe einer Reihe von Löchern, die er der Länge nach hineingeschnitten hatte, einfache Weisen blasen ließen. Nachdem er es mir etwa fünf Minuten bewiesen hatte, wurden noch andere Töne laut, wahrscheinlich die erzürnter Nachbarn, die an die Wände hämmerten — immerhin wohnten wir hier in einem Reihenhaus, und es war bereits Nacht.
Holmes zwinkerte verschmitzt, als er bemerkte: »Wissen Sie, Watson, ich fürchte, Ihr Dr. FitzRoy hat Klopfkäfer in seinem Anwesen.«

Das Haus in der Preston Street

»O je! Wir werden wohl gleich ein Ständchen auf der Ziehharmonika über uns ergehen lassen müssen!« Wir waren gerade dabei, unser Frühstück — so gut ich selbst es hatte herrichten können — im vorderen Zimmer des Hauses an der St. George's Terrace zu uns zu nehmen. Holmes' Blick folgte meinem. Ich hatte ihn auf einen Mann mittleren Alters von zigeunerhaftem Aussehen gerichtet, der auf der gegenüberliegenden Straßenseite stand und sich sichtlich bereitmachte, sein Instrument erklingen zu lassen.

Der Detektiv entgegnete: »Das bezweifle ich, denn ich fürchte, er wird nur vier Noten spielen. Doch wie lange oder in welcher Reihenfolge, bleibt noch abzuwarten.«

Wie zur Bestätigung fing der Zigeuner an, die vier gleichen Noten unharmonisch ständig zu wiederholen. Für die Richtigkeit von Holmes' Prophezeiung konnte es nur eine Erklärung geben. »Sie kennen diesen Kerl?«

Er lächelte. »Nein. Ich bin ihm noch nie begegnet, aber sogar aus dieser Entfernung konnte ich feststellen, daß lediglich vier der Tasten seines Instruments je beansprucht wurden. Er ist kein Straßenmusikant, sondern ein Erpresser, der mit diesem monotonen Lärm erst aufhören wird, wenn jemand ihn dafür bezahlt hat.«

Es erwies sich alsbald, daß ein Penny — den jemand aus einem oberen Fenster des anschließenden Hauses warf — nicht genügte, diese Kakophonie zu beenden. Wohl aber hörte sie auf, nachdem zwei weitere Pennies und ein silbernes Dreipennystück von friedfertigen Bewohnern der St. George's Terrace geopfert worden waren.

Holmes beäugte die Fische, die ich für unser Frühstück zubereitet hatte, nicht direkt mit Abneigung, aber auch keineswegs erfreut. Nachdem er sie gekostet hatte, sagte er: »Wissen Sie, Watson, Meeresfrüchte sind in einer Seestadt nie so gut, wie sie sein könnten. Diese Weißfische wurden vermutlich in dieser Gegend gefangen, an den Fischmarkt an der unteren Promenade verkauft, dann per Zug nach Londons Billingsgate versandt, wo der Einkäufer der hiesigen Fischhändler sie erstand, um sie nach Brighton liefern zu lassen. Hätten Sie sie selbst direkt am hiesigen Fischmarkt gekauft, wären sie vierundzwanzig Stunden frischer und um die Hälfte billiger gewesen!«
Ich fürchte, Sherlock Holmes hat sich, trotz seines brillanten Verstands, nie die Mühe gemacht, das Wirtschaftssystem zu verstehen.
Nach dem Frühstück blieb mir nichts übrig, als mich meinen ärztlichen Pflichten zu widmen. Holmes schaute sich etwa eine halbe Minute im Wartezimmer um, dann sagte er zu mir: »Watson, unter Ihren Patienten befindet sich ein Kind mit einer Beinverletzung, zu der es meines Erachtens nicht auf natürliche Weise gekommen ist. Ich würde Ihnen empfehlen, die Mutter eingehend zu befragen. Oh, und versuchen Sie, den ältlichen Herrn, der sich offensichtlich im Anfangsstadium von Apoplexie befindet, dazu zu bringen, sich weitere Kragen zu kaufen.«
Ich mußte Holmes sich selbst überlassen, versprach ihm jedoch, ihn im Haus in der Preston Street zu treffen, sobald meine Patienten versorgt waren. Wie es sich erwies, konnte ich mich Holmes und Reynolds kurz nach fünfzehn Uhr anschließen.
Zwar hatte ich das Haus bereits von außen gesehen, war jedoch bisher nicht imstande gewesen, es zu betreten.

Doch nun, nachdem ich dem Konstabler an der Haustür meinen Namen genannt hatte, salutierte er zackig und bat mich einzutreten, Inspektor Reynolds erwarte mich bereits. Ich bemerkte, daß der Eingang in Ausstattung und Stil sehr geschmackvoll war — ein starker Kontrast zu dem etwas ärmlichen Inneren. Von der Diele führten zwei Türen ins Hausinnere. Eine, die verschlossene, war anscheinend die zur Treppe und somit zu Mrs. Hughes Wohnung; die andere, die ganz offensichtlich erst vor kurzem mit Gewalt geöffnet worden war, führte in den von Mrs. Hass bewohnten Hausteil. Das war ein System, das man in späteren Jahren »abgeschlossene Wohnungen« nannte. Ich drückte auf die rechte Tür, sie schwang widerstandslos auf, und ich konnte dadurch nicht nur ihr beschädigtes Schloß und den Riegel sehen, sondern durch die halb offene Wohnzimmertür auch Holmes, der sich mit Reynolds unterhielt.
Sie begrüßten mich, Holmes auf seine übliche beiläufige Weise und Reynolds offenbar erfreut. »Schön, daß Sie hier sind, Doktor«, sagte er. »Ich gestattete Mr. Holmes, sich in jedem Zimmer des Hauses umzusehen, und ich wette, er ist nicht klüger als ich, was dieses Rätsel betrifft.«
Holmes überraschte den Inspektor deshalb sichtlich, als er entgegnete: »Nur weil ich mich jeder Bemerkung enthielt, heißt nicht, daß ich überhaupt nicht weitergekommen wäre. Sagte ich nicht zu Ihnen, daß ich zumindest auf ein mögliches Motiv gestoßen bin, Reynolds?«
Reynolds blickte Holmes scharf an und entgegnete: »Ich wüßte es zu schätzen, wenn Sie mich in Ihr Vertrauen zögen.«
Holmes ging quer durchs Zimmer, öffnete die Schublade eines sehr geschmackvollen Schreibtischs im Re-

gency-Stil und holte ein Samtkissen heraus, auf dem mehrere schöne und offenbar kostbare Schmuckstücke lagen.

»Das Samtpolster?« sagte Reynolds. »Kommen Sie, Holmes, das haben wir beide doch erst vor etwa einer Stunde untersucht! Wenn es sich um einen Raub gehandelt und der Dieb dieses Kissen gesehen hätte, wäre es jetzt leer!«

»Es sind hübsche und auch wertvolle Stücke«, antwortete Holmes, »aber mir ist aufgefallen, daß eine Brosche fehlt. Vielleicht bemerkten auch Sie, daß die Stelle, wo sie gelegen hat, und die Löcher der Verschlußnadel auf dem Samt zu erkennen sind.«

Reynolds biß sich auf die Lippe, gewann seine Fassung jedoch rasch wieder. »Es entging mir nicht«, sagte er rasch, »aber wenn der Mann hinter Schmuck hergewesen wäre, hätte er wohl kaum nur eine Brosche mitgenommen und die anderen Stücke zurückgelassen, die mit ihren Steinen gewiß mehrere tausend Pfund wert sind.«

Holmes fühlte sich nicht gekränkt durch Reynolds' etwas belehrenden Ton. »Inspektor, es wäre immerhin möglich, daß der Wert der fehlenden Brosche so hoch ist, daß der Dieb nur verächtlich auf die restlichen Stücke hinabschaute, vor allem, wenn er sich in Zeitnot befand.«

Mir kam ein Gedanke, den ich zu äußern beschloß. »Es könnte doch sein, daß die Dame diese Brosche zur Zeit ihres Verschwindens trug. Dann käme Raub nicht in Frage.«

Holmes nickte. »Eine gute Überlegung, Watson. Gewißheit bekommen wir jedoch erst, wenn wir Mrs. Hass gefunden haben, ob nun tot oder lebendig.« Er zeichnete die Form des Eindrucks im Samtkissen in sein Notizbuch, ehe er das Kissen an seinen Platz in der Schublade zurücklegte.

Da entdeckten Holmes' scharfe Augen auf dem Teppich etwas von Interesse für ihn. Schnell ging er auf Hände und Knie, ehe er mit dem Zipfel seines Taschentuchs ein paar Sandkörner in einen Briefumschlag fegte. Reynolds beobachtete ihn fasziniert. »Aber, Mr. Holmes, in einem Seebad ist Sand auf einem Zimmerboden nichts Außergewöhnliches! Meine Konstabler oder ich selbst könnten ihn an unseren Sohlen hereingetragen haben.«

Holmes entgegnete leicht verärgert: »Ich wünschte nur, ich hätte diese Räumlichkeiten untersuchen können, ehe die halbe Polizei von Sussex hier herumtrampelte!« Doch er milderte seine Schärfe, indem er geheimnisvoll lächelte und fortfuhr: »Es bleibt mir also nichts übrig, als mich an Strohhalme zu klammern, oder in diesem Fall an Sandkörner.«

In diesem Zimmer, das sehr geräumig und gemütlich war, gab es außer dem Schreibtisch ein Sofa, zwei Polstersessel und einen Bücherschrank mit Glasscheiben, der jedoch abgesperrt war. Reynolds sagte, daß der Schlüssel dazu nicht gefunden worden war. Die anderen Parterrezimmer waren ebenso geschmackvoll eingerichtet, enthielten jedoch offenbar nichts, was Holmes für wichtig hielt. Nirgendwo waren Hinweise auf einen Einbruch oder auf Gewaltanwendung zu finden.

Als nächstes fragte Holmes, ob es möglich wäre, mit Mrs. Hughes zu sprechen, und Reynolds versprach, sich zu erkundigen, ob die Dame uns empfangen würde. So kam es, daß wir kurz darauf in Mrs. Hughes' Wohnzimmer saßen und Tee aus hauchfeinen Porzellantassen nippten. Wie Reynolds mir schon erzählt hatte, war sie eine ältere Dame, die stets Schwarz trug, obwohl sie schon seit Jahren verwitwet war. In ihrer etwas stei-

fen Art vermittelte sie einen Eindruck von Zuverlässigkeit.
Mit dem Charme, den er dem schöneren Geschlecht gegenüber immer walten läßt, hatte Holmes rasch ihr Vertrauen erworben, wie Reynolds oder ich es meines Erachtens nicht fertiggebracht hätten. Er fragte sie: »Gnädige Frau, was ist Mrs. Hass nach Ihrer Meinung für ein Mensch?«
»Nun, Mr. Holmes«, antwortete sie, »auch wenn ich sie vielleicht nicht als vornehme Dame bezeichnen könnte, mangelt es ihr in keiner Hinsicht an Ehrbarkeit. Sie ist immer höflich, wenn ich mit ihr rede. Ihre Ausdrucksweise ist vielleicht ebenfalls nicht die einer vornehmen Dame, aber auch nicht die eines Dienstboten oder einer Frau aus der Arbeiterschicht. Nach meiner Meinung war sie Schauspielerin. Soviel ich weiß, hat sie dieses Haus von einer entfernten Verwandten geerbt.«
»Empfing sie regelmäßig Herrenbesuch?« erkundigte sich Holmes.
Diese Vorstellung entsetzte Mrs. Hughes. »Großer Gott, nein! Deshalb rief ich ja so rasch nach einem Konstabler, als ich die drohende Männerstimme hörte. Wäre sie eine gewisse Art von Frau gewesen — nun, ich bin sicher, Sie wissen, was ich meine —, hätte ich es gewiß nicht für angebracht gehalten, Hilfe zu holen.«
Holmes beugte sich vor und sagte herzlich zu ihr: »Mrs. Hughes, Sie haben sich völlig korrekt verhalten. Wie diese Sache auch ausgehen wird, Sie zumindest können beruhigt sein, daß Sie getan haben, was Sie konnten und sollten.«
Es fehlte nicht viel, und die Dame hätte ihn angehimmelt. Holmes konnte sich ihrer Unterstützung sicher

sein, wann immer er sie benötigte, das war mir klar. Er fragte sie nun, ob sie je bemerkt habe, daß Mrs. Hass eine verhältnismäßig große, sehr kostbare Brosche trug.
Mrs. Hughes antwortete entschieden: »Sie trug immer nur sehr dezenten Schmuck. Ich besinne mich nicht, daß sie je etwas Auffallenderes als eine Anstecknadel mit Monogramm trug.«
Holmes beugte sich angespannt vor. »Monogramm? Können Sie sich erinnern, ob es ihre eigenen Initialen waren?«
Die alte Dame schüttelte den Kopf. »Nein, das Monogramm war ›SS‹, wundervoll in Brillantsplittern gearbeitet. Ich nahm an, daß jemand mit diesen Initialen ihr die Nadel als Andenken hinterlassen hat. Ein alter Verehrer vielleicht, denn bei den Anfangsbuchstaben ihres Gatten hätte zumindest ein ›H‹ dabeisein müssen und bei ihrem Mädchennamen ein ›D‹.«
»Meine Herren«, Holmes lächelte Reynolds und mir zu, ohne der alten Dame gegenüber auch nur im geringsten gönnerhaft zu sein, »wir haben hier eine geborene Detektivin! Ganz nach meiner Methode.«
Mrs. Hughes schwieg, aber ich konnte unschwer erkennen, wie geschmeichelt sie sich fühlte. Und das war genau die Wirkung, die Holmes mit seinen Worten hatte erzielen wollen.
Vor dem Haus unterhielten wir uns noch kurz mit Reynolds, der überzeugt zu sein schien, daß Holmes mit der Lösung des Rätsels nicht weiter gekommen war als er selbst. Mein Freund tat nichts, ihm diesen Glauben zu nehmen, aber ich kannte ihn gut genug, um diese kleinen Veränderungen in Ausdruck und Benehmen wahrzunehmen, die andeuteten, daß er eine Spur gefunden hatte. Wir vereinbarten, uns am folgenden Nachmittag

wieder mit dem Inspektor zu treffen, so daß wir genügend Zeit haben würden, intensiv nachzudenken. Ich dachte insgeheim, daß es zweifellos hauptsächlich Sherlock Holmes sein würde, der die Gehirnzellen übte!

Mein Freund marschierte die Western Road in Richtung des Clock Towers entlang, und so schnell war sein Schritt, daß er mir fast die Peinlichkeit zumutete, laufen zu müssen, um mitzukommen. Doch galt nicht dem Fall seine Zielstrebigkeit, sondern einem Tabakladen. Holmes erstand mehrere Unzen Highlandmischung und etwas dunklen Seemannsshag. »Wer könnte schon sagen«, bemerkte er, »wie viele Pfeifen ich für diesen Fall brauchen werde, Watson?«

Ich mußte zum Bahnhof, um eine Kiste abzuholen, die ich mir aus der Queen Anne Street hatte nachschicken lassen, deshalb gab ich Holmes meinen Schlüssel mit der Versicherung, daß ich spätestens in einer Stunde ebenfalls wieder in der St. George's Terrace sein würde. Wie sich erwies, war ich mit der Kiste viel rascher dort, aber der dichte Rauch, der aus den Wohnzimmerfenstern quoll, verriet mir, daß es Holmes gelungen war, es sich bequem zu machen. Vage stellte ich mir allerdings die Frage, ob ein besorgter Nachbar vielleicht gar schon die Feuerwehr verständigt hatte! Ich fand ihn in dem Zimmer, das bereits sehr an eine Erbsensuppennebelnacht in London erinnerte, im Schneidersitz auf einem Haufen Kissen, die er vom Sofa auf den Boden gefegt hatte.

In den vierzig Minuten meiner Abwesenheit war es Holmes tatsächlich gelungen, seine bereits am vergangenen Abend begonnene Arbeit zu vollenden, das Wohnzimmer (für das ich verantwortlich war) in eine leidliche Nachahmung des Wohnzimmers im ersten Stock der Baker Street 221 b zu verwandeln. Überall lagen Zeitungen herum, sowohl aufgeschlagen wie zerknüllt und weggeworfen, Papierfetzen und Zettel mit hastig gekritzelten Notizen und Zeichnungen. Obgleich er nur einen kleinen Koffer mitgenommen hatte, stellte ich fest, daß er den alten Brokatmorgenrock trug, den ich so gut kannte — oder zumindest einen, der diesem sehr ähnelte. Er paffte eine abscheuliche Tonpfeife und hielt einen Bleistiftstummel zwischen Daumen und Zeigefinger seiner Rechten. Obwohl er sich in einem tranceähnlichen Zustand zu befinden schien, wußte ich, daß er sich meiner mißbilligenden Anwesenheit sehr wohl bewußt war.

»Nur herein, Watson«, begrüßte er mich. »Ich war während Ihrer Abwesenheit nicht untätig. Wir sind bereits ein Stück weitergekommen.« Er streckte mir einen Zettel entgegen, auf den er die Umrisse eines anscheinend orientalischen Palastes gezeichnet hatte. »Was halten Sie davon?« fragte er mich.

Ich studierte ihn, dann meinte ich: »Es hat in etwa die Umrisse des hiesigen Royal Pavilion — Prinz Georges nutzloser Prachtbau —, der nur einen Katzensprung von hier liegt.«

»Genau dafür halte ich es auch.« Holmes nickte. »Diese Zeichnung fertigte ich nach dem Eindruck auf dem Samtkissen in der Preston Street an. Sehen Sie, wie groß das Stück sein muß! Allerdings dürften Nachbildungen des Pavillon in Brighton nichts Überraschendes sein.«

Auf die Art eines Bühnenzauberers, der etwas aus der leeren Luft erscheinen läßt, händigte er mir eine Zeitungsseite aus, die so gefaltet war, daß ich die Absätze, auf die er mich aufmerksam machen wollte, sogleich sehen konnte. »Aus der heutigen Ausgabe des *Brighton & Hove*

Herald. Bitte lesen Sie den Beitrag laut. Ihre Stimme hilft mir, mich zu konzentrieren.«

Er schloß die Augen und legte den Kopf zurück. Ich begann zu lesen:

»RÄTSEL IM PAVILION

Am Morgen des 3. Juni wurde Mr. George Storrington (48), Oberwärter des Royal Pavilions, beim Öffnen des Haupteingangs grob zur Seite gestoßen, als ein aus dem Pavilion kommender Mann auf die Straße floh.

Eine gründliche Durchsuchung der Räume erbrachte keine Anzeichen von Beschädigung oder Diebstahl, auch keine gewaltsamen Eindringens. Die Polizei, die deshalb Einbruch oder Vandalismus ausschließt, kam zu dem Schluß, daß dieser Mann sich bereits am Vorabend im Haus versteckt hatte. Die Polizei teilte unserem Berichterstatter mit, daß keine weitere Suche nach dem Mann erfolgen würde, da durch seinen Aufenthalt im Pavilion offensichtlich kein Schaden entstanden sei. Könnte es sich um eine Wette oder einen Studentenscherz handeln?«

Als ich diesen kurzen Bericht gelesen hatte, sagte Holmes: »Reynolds hat mich natürlich nicht auf diese Sache aufmerksam gemacht, weil er den Zusammenhang nicht erkannte. Er war sich ja kaum der Form des Eindrucks im Samtkissen bewußt. Er ist zwar ein fähiger Mann, aber ich fürchte, es mangelt ihm an Vorstellungskraft. Es ist durchaus möglich, daß er überhaupt keine Verbindung gibt, aber ich kann es mir nicht leisten, eine solche Möglichkeit außer acht zu lassen. Morgen werde ich in den Pavilion gehen, doch heute gilt es, die Herkunft des Sandes zu klären.«

Ich hatte gar nicht mehr an die Sandkörner gedacht, die Holmes aufgelesen hatte. Er brachte nun das Kuvert hervor und leerte es auf das Beistelltischchen, dann fragte er: »Watson, ich werde das Mikroskop benutzen müssen, das Sie vorsehungsvoll vom Bahnhof abgeholt haben. Oh, kommen Sie, alter Junge, zieren Sie sich nicht. Ich erkenne doch die Kiste, in der man ein solches Instrument transportiert.«

Er packte mein Mikroskop aus, das glücklicherweise trotz der sicherlich unsanften Behandlung durch die Brighton & South Coast-Eisenbahn unbeschädigt geblieben war. Mitsamt der Objektträgerschachtel stellte er es auf das Tischchen – und ohne im geringsten darauf zu achten, daß er dabei die Tischplatte zerkratzte, wofür natürlich ich verantwortlich gemacht würde. Er gab ein paar Sandkörner auf einen Objektträger, justierte das Instrument und blickte mit regem Interesse durch das Mikroskop. Nach etwa einer halben Minute schaute er auf und sagte: »Darf ich Sie um Ihre wissenschaftliche Meinung bitten, Watson?«

Ich mußte das Mikroskop neu justieren und erkannte, wie viel besser seine Augen waren als meine. Ich studierte die Partikel sorgfältig und sagte schließlich: »Nun, Holmes, das Wesentlichste ist meines Erachtens das Fehlen von salinischen Stoffen.«

»Wie ich vermutete«, murmelte Holmes. »Es ist überhaupt kein Seesand und seine Anwesenheit infolgedessen keineswegs so leicht zu erklären, wie der Inspektor meinte.«

»Er könnte von einer Baustelle stammen«, sagte ich.

Holmes applaudierte spöttisch. »Ausgezeichnet, Watson. Logisch gedacht. Nur bezweifle ich, daß irgendein Bau-

herr einen Sand von dieser feinen Qualität und den hohen Einfuhrkosten verwenden würde. Ich kann Ihnen nach einer so flüchtigen Untersuchung das genaue Herkunftsland nicht sagen, aber ich bin bereit, mich zu verbürgen, daß diese Art von Sand nirgendwo in Europa vorkommt.«
Holmes untersuchte die Körnchen noch eingehender, und schließlich waren wir uns beide einig, daß es die Art von Sand war, die sich in subtropischen Flußbetten findet. Er war fast weiß, und winzige Spuren von Süßwasservegetation hafteten daran.
Als ich vorschlug, uns ein einfaches Mahl zuzubereiten, lud mich Holmes, großzügig wie er war, sogleich in ein Restaurant ein. Er sagte: »Nein, Watson, ich habe Ihre Gastlichkeit bereits genug strapaziert. Und keine Angst, ich beabsichtige nicht, Sie in ein Lokal wie das von Mr. William Harris zu führen, sondern ins Harry Preston, wo wir angemessen speisen können und einen Wein zu unserem Mahl bekommen, mit dem sich Salisburys Sauternes nicht messen kann.«
Nach einem vorzüglichen und lobenswert servierten Dinner machten wir einen Verdauungsspaziergang auf der Promenade. Die See war wie eine Glasscheibe, und die elektrischen Lichter, die zwischen den Lampensäulen aufgereiht waren, verwandelten Brightons Strandpromenade in ein Märchenreich. Ich dachte mir: Welch ein wundervoller und vornehmer Kurort! Doch wie ein Zauberer im Maskelyne las Holmes offenbar meine Gedanken und sagte: »Ah, aber wenn Sie mit mir kommen, werden Sie ein Brighton sehen, das sich von diesem unterscheidet wie Kreide von Käse – und nur wenige Yards von hier entfernt.«

Er führte mich einen Hang zur »unteren Promenade« hinunter, die sich fast in Meereshöhe befand. Wir hätten in einer völlig anderen Stadt sein können! Hier trafen wir auf Personen der Dienstboten- und Arbeiterschichten. Junge Männer in Strohhüten mit farbigen Bändern und in billigen gestreiften Blazern mit schreienden Krawatten von schlechtestem Geschmack flanierten hier. Wenn sie ihre Hüte zum Gruß vor promenierenden, kichernden Hausmädchen oder Verkäuferinnen lüpften, offenbarten sie ihr pomadeglänzendes Haar in den unwahrscheinlichsten Frisuren. Die meisten waren glattrasiert, gewöhnlich ein sicheres Zeichen niedriger Herkunft. Holmes war einer der wenigen seines Standes, der es sich leistete, sogar seine Oberlippe unbedeckt zu lassen — aber Holmes war und bleibt eben ein Herr, der keiner bestimmten Gesellschaftsklasse angehört. In der Menge befanden sich zweifellos Buchmacherboten ebenso wie Taschendiebe und einige Straßenmädchen. Es gab Schaubuden, ja sogar ein Affenhaus, das zwischen den Pfeilern unter der eigentlichen Promenade errichtet und abgeteilt war für einen bedauernswerten Braunbären, der eine der kostenlosen Attraktionen des Kurorts darstellte. Einige gütige Menschen hatten ihm trockenes Brot und alte Brötchen zwischen die Gitterstäbe geschoben. Andere, weniger gütige, stocherten mit Spazierstöcken und Schirmen nach ihm.

Holmes zog mich daran vorbei und sagte: »Ein trauriges Spektakel, Watson, aber nicht erstaunlich bei einem Volk, das erst vor kurzem den sogenannten Sport der Bärenhatz aufgegeben hat. Wer weiß, vielleicht hat man in weiteren fünfzig Jahren gelernt, die arme Kreatur in ihrer natürlichen Umgebung zu belassen.«

Schuldbewußt fragte ich mich, was Holmes sagen würde, wenn ich ihm von dem Sport erzählt hätte, dem wir Offiziere in Indien frönten, nämlich Polo mit einem lebenden Ferkel zu spielen. Aber Holmes, der ja auch nie gejagt oder geschossen oder gefischt hatte, hatte eine ungewöhnliche Einstellung zu Tieren. Manchmal wunderte ich mich wirklich, weshalb er es nicht aufgegeben hatte, Fleisch zu essen, wie dieser Shaw!

Das prächtige Sommerschloß

Am folgenden Morgen stand ich früh auf, doch zu meinem Erstaunen stellte ich fest, daß Holmes bereits das Frühstück zubereitet hatte. Erstaunen deshalb, weil er, soviel ich mich entsinnen konnte, so etwas noch nie zuvor getan hatte. Natürlich hätte die gute Mrs. Hudson oder die tüchtige Mrs. Sinclair die Nase über seine Kochkünste gerümpft, aber was er uns vorsetzte, übertraf alles, was ich normalerweise zustande brachte. Es gab rösch gegrillten Speck, leicht gebratene Spiegeleier und sogar Nierchen. Holmes hatte meine bescheidenen Vorräte geplündert und sie, während ich noch schlief, einer guten Verwendung zugeführt.
»Ich lernte, mich selbst zu versorgen«, erklärte mein Freund, »und zwar während jener Zeit, da Sie mich für dahingeschieden hielten. Ich möchte heute schon früh aus dem Haus und beabsichtige, mich direkt zum Royal Pavilion zu begeben. Ich weiß natürlich, daß Sie sich um die Praxis kümmern müssen, aber ich werde versuchen, Reynolds eine Nachricht zukommen zu lassen, damit er über meine Pläne informiert ist.«
Ich schwoll in meinem Stolz gewiß zwei Zoll an, als ich ihm scheinbar gleichmütig versicherte: »Ich kann es ihm per Telefon ausrichten, wenn Sie möchten.«
Befriedigt sah ich, daß Holmes fast Messer und Gabel fallenließ. Es kommt leider nicht oft vor, daß ich den großen Detektiv verblüffen kann, jetzt aber hatte ich ihn zweifellos sowohl beeindruckt wie überrascht. Er fragte: »Sie haben ein Telefon?« Doch sogleich beantwortete er seine Frage selbst. »Natürlich, dies ist ja ein Arzthaushalt, und

wir schreiben das Jahr 1906! Gewiß hätte auch ich mir ein solches Instrument in der Baker Street einrichten lassen, wenn ich ich mich nicht für die ländliche Idylle entschieden hätte.«

Wir begaben uns in die Praxis, wo ich den Telefonhörer vom Haken nahm und dann kurbelte, um die Brightonsche Telefonvermittlung zu bekommen. Trotz meiner Bemühung war kein beruhigendes Summen der Leitung zu vernehmen. Ich wiederholte zwar die vorgeschriebenen Handgriffe mehrmals und bestimmt richtig und fest genug, doch das Instrument schien »tot« zu sein.

Holmes zwinkerte amüsiert. »Wie bedauerlich, Watson. Das System steckt noch in den Kinderschuhen, und soviel ich hörte, kommt so etwas sehr häufig vor. Machen Sie sich deshalb keine Gedanken, ich glaube nicht, daß es schwierig sein wird, Reynolds eine Nachricht zukommen zu lassen.«

Er rannte leichtfüßig die Stufen hinunter zum Bürgersteig, und durchs Fenster sah ich, wie er einen vorüberkommenden Straßenjungen herbeiwinkte. Eine Kupfermünze wechselte den Besitzer, und der Bengel rannte in die von Holmes gewiesene Richtung los. Als mein Freund ins Haus zurückkehrte, bemerkte ich: »Bedenken Sie, Holmes, daß wir in Brighton sind. Sie befinden sich nicht in der Baker Street, hier gibt es keine ›Irregulären‹.«

Er hob den schlanken Zeigefinger an die Lippen, als wolle er mich zum Schweigen gemahnen, und sagte: »Sie meinen, es *gab* keine Irregulären hier.«

Ich mußte mich nun um meine Sprechstunde kümmern, aber ich versprach Holmes, so bald wie nur möglich zum Royal Pavilion zu kommen. Glücklicherweise hatten alle Patienten an diesem Vormittag nur geringfügige Beschwerden, und ich vermochte die Praxis eher zu schließen, als ich hätte hoffen können. So war es erst kurz nach dreizehn Uhr, als ich am Haupteingang des Prinzregenten-Sommerschlosses ankam. Ein wichtigtuerischer Kerl wollte mir eine Eintrittsgebühr abverlangen, und als ich ihm erklärte, daß ich ein Freund und Kollege von Sherlock Holmes sei, hatte er doch wahrhaftig die Unverschämtheit, seinen Zweifel daran auszudrücken. »O ja«, schnaubte er spöttisch, »und Sie wollen vielleicht auch noch behaupten, daß Sie der Schriftsteller Dr. Watson sind?« Er lachte so beleidigend, daß ich mich gezwungen sah, ihn zurechtzuweisen und zu verlangen, mit seinem Vorgesetzten zu sprechen.

Das erwies sich jedoch als unnötig, da unsere Auseinandersetzung die Aufmerksamkeit von Holmes und Reynolds auf sich gelenkt hatte, die sich unweit des Eingangs aufgehalten hatten. Reynolds klärte den überschlauen Einlasser gebührend brüsk auf, während Holmes sich daran machte, mich aufs laufende zu bringen.

»Ich habe eine gute Beschreibung des Burschen, der aus dem Pavilion stürmte«, sagte er. »Allerdings, um ehrlich zu sein, Watson, trifft die Beschreibung gewiß auf ein Zehntel der Einwohner von Brighton zu. Nun, zumindest war er offenbar nicht maskiert — ich meine damit, daß er keinen Bart oder dergleichen trug, was falsch gewesen sein könnte. Er war, bedauerlicherweise, von mittlerer Größe, etwa achtunddreißig Jahre und, wie schon erwähnt, glatt rasiert. Das einzig Ungewöhnliche an ihm waren offenbar die Fingernägel, die der Beschreibung nach kalzifiziert waren, das zumindest ist die einzige Interpretation, die ich für die Worte des Wärters habe.«

»Das könnte die Folge sein, wenn Fingernägel allzu häufig mit Salzwasser in Berührung kommen«, meinte ich. »Ich fand es schon oft bei Personen, die sehr viel im Meer schwimmen, und bei Seeleuten.«

Holmes lächelte. »Also müssen wir nach einem Achtunddreißigjährigen mit Dutzendgesicht suchen, der entweder Seemann ist oder Kanalschwimmer, wie der bedauernswerte Captain Matthew Webb es war.« Er lächelte, während er seine Pfeife stopfte, die er allerdings, in Anbetracht der unübersehbar angebrachten »Rauchen verboten«-Schilder, nicht anzündete.

Der Inspektor hatte sich uns inzwischen wieder zugesellt, nachdem er dem Türhüter eine knappe Moralpredigt gehalten hatte. Er beklagte sich jetzt: »Ich verstehe wirklich nicht, warum Sie nach mir schickten, Mr. Holmes. Ich wußte von dem Zwischenfall im Pavilion, aber ich fand, daß jegliche scheinbare Verbindung zu dem Preston Street-Fall reiner Zufall ist, und ich habe meine Meinung auch nicht geändert. Lassen Sie uns die Ermittlungen hier abschließen, da ich mich mit anderen und wichtigeren Dingen zu beschäftigen habe.«

Holmes faßte diese Worte nicht als Kränkung auf und sagte nur: »Begleiten Sie mich zuvor noch, Inspektor, denn da ist noch die Hauptgalerie, in der wir uns erst umsehen müssen, ehe wir behaupten können, daß wir alles getan haben, was wir hier tun konnten.«

Ich nehme an, daß der Raum, den wir daraufhin betraten, in den großen Tagen der Regency ein Ballsaal gewesen war. In der Tat handelte es sich um eine sehr große Räumlichkeit, jedenfalls groß genug, um mehrere Equipagen hintereinander darin unterzubringen, und zweifellos standen sie schon seit vielen Jahren unbenutzt hier. Alle befanden sich in ausgezeichnetem Zustand, sie wurden demnach ebenso gut gepflegt wie der Rest des Schlosses. Rundum an den Wänden erstreckten sich mehrere Galerien mit feinen schmiedeeisernen Geländern und einer zu ihnen emporführenden, zerbrechlich wirkenden Treppe. Auf diesen Galerien reihten sich wertvolle Ölgemälde — Landschaften, Seebilder und Porträts. Reynolds und ich folgten Holmes, der zielstrebig zur höchsten Galerie emporstieg. Er studierte vor allem die Porträts mit großem Interesse und wies uns auf ihren künstlerischen Wert und ihre Schwächen mit gleichem Enthusiasmus hin. Reynolds vermochte seine Ungeduld kaum zu zügeln.

Holmes prunkte mit seinem Wissen auf für ihn uncharakteristische Weise, wie ich fand. »Sehen Sie, Inspektor, ein großartiges Porträt Mrs. Fitzherberts von Thomas Gainsborough und eines von Sarah Siddons von Ihrem Namensvetter Joshua Reynolds. Beide Damen waren Mätressen des Prinzregenten. Oh, schauen Sie, das hier ist eine sehr anschauliche Abbildung der Zerstörung des alten Chain Piers durch die Elemente.«

»Eine Inventarliste all dieser Gegenstände wurde überprüft«, brummte Inspektor Reynolds.

Holmes blickte über das Geländer hinunter auf die Equipagen. »Wurden diese Kutschen durchsucht?«

Ich muß gestehen, ich hielt dies für eine etwas überraschende Frage und verstand, weshalb sie Reynolds zu einer sarkastischen Antwort reizte: »Nun, Mr. Holmes, wie Sie selbst sehen können, fehlen keinerlei Räder oder dergleichen. Der Kerl, der den Wärter umrannte, hat zweifellos kein Gig gezogen!«

Holmes durchbohrte den Polizeibeamten mit einem Blick. »Also hat man diese Gefährte nicht durchsucht?«

»Das wurde nicht für notwendig erachtet!« entgegnete Reynolds heftig.
Wir stiegen die Treppe wieder hinunter, und Holmes machte sich an eine gründliche Untersuchung der Equipagen. Er begann mit dem Coupé, das am weitesten vom Eingang entfernt stand. Eine rote Seidenkordel — an tragbaren Ständern befestigt — rings um alle Gefährte, sollte verhindern, daß Besucher zu nahe herantraten. Holmes stieg über die Kordel und begann die Kutsche zu durchsuchen. Eine ältere Besucherin erregte sich darüber und rief: »E, Guv'nor, das dürf'n S'e nicht! Da krieg'n S' es mit den Schandarmen zu tun!«
Holmes bedachte sie mit einem charmanten Lächeln und antwortete: »Teure Madam, ich wurde beauftragt, die Kutschen nach Holzwürmern zu untersuchen.«
Das schien die Frau zufriedenzustellen, jedenfalls sagte sie: »Das is' was an'eres, Guv. Die klein' Biester komm'n üb'rall rein!«
Holmes tippte an seinen Hut, als sie beruhigt weiterging. Zu mir sagte er: »Ist Ihnen dieser interessante Dialekt aufgefallen, Watson? Rein Kemp Town — London East End mit ländlichem Südküstenakzent vermischt. Er ist völlig anders als die Sprache von Mittelbrighton, die ein wenig weinerlich klingt, während man in Hove merklich hochgestochener redet. Wie Sie sich erinnern, hatte ich vor ein paar Jahren einen Fall, in den Professor Henry Higgins verwickelt war, der eminente Philologe. Er und ich stellten danach eine Studie über Dialekte und über ihre Anwendung als Hilfe bei der Ermittlung zusammen.«
Reynolds kochte schon fast vor Ungeduld, als Holmes seine Untersuchung begann, wobei er erst das Gepäckfach inspizierte, dann den Kutschbock. Als er sich daran-

machte, die Tür zu öffnen, knurrte der Inspektor wütend: »Ich kann mir nicht vorstellen, daß der Eindringling etwas in eine der Kutschen gesteckt hat. Außerdem versicherte man mir, daß sie fast täglich auch innen abgestaubt werden.«

Holmes erwiderte: »Ich verlasse mich auf den englischen Arbeiter und hoffe, daß er nicht sehr gründlich vorging. Ich hätte hinzugezogen werden sollen, ehe hier etwas angerührt wurde!«

Reynolds verhehlte seine Ungeduld nicht mehr. »Es fehlte nichts, und es war nichts beschädigt, und es gibt nichts zu finden! Sie wurden nicht hinzugezogen, weil es eine reine Polizeiangelegenheit war, eine völlig unbedeutende Sache. Ganz abgesehen davon sollten Sie Hühner in Haywards Heath züchten. Wäre nicht dieser verflixte Zeitungsbericht gewesen, würden Sie mir jetzt nicht meine Zeit stehlen!«

Das war eine sehr heftige und wortreiche Äußerung, die Holmes ignorierte, außer daß er die Tierart und den Ort korrigierte. Tatsächlich war er bereits dabei, die mittlere Kutsche zu durchsuchen, als der Inspektor seine Tirade beendete.

»Inspektor«, rief Holmes, ehe Reynolds eine neue beginnen konnte, »fällt Ihnen nicht ebenfalls ein etwas unangenehmer Geruch auf?«

Ich hatte nichts bemerkt, was jedoch bei meinem Katarrh nicht verwunderlich war.

Reynolds jedoch nickte und sagte: »Ja. Ich machte gestern den Verwalter darauf aufmerksam, aber er sagte, es sei der Abfluß. Sie haben hier nicht zum erstenmal Schwierigkeiten damit. Ist ja auch kein Wunder, wenn man das Alter der sanitären Anlagen des Schlosses bedenkt.«

Holmes schüttelte den Kopf. »Ich wünschte, ich könnte Ihnen beipflichten, aber ich kenne diese Art Geruch von früheren Fällen.« Er folgte seiner nicht gerade kleinen Nase und riß sie mit einem aufgeregten, halb unterdrückten Schrei aus dem Innern der zweiten Equipage. »Unter einem Sitz liegt die Leiche einer Frau. Doch ehe wir weitere Schritte unternehmen, schlage ich vor, daß Sie die Besucher aus dem Haus entfernen lassen, Inspektor, und nach dem Polizeiarzt rufen.«

Reynolds stellte die behauptete Entdeckung Holmes' nicht in Frage, sondern führte sofort seine Vorschläge aus, ohne das Innere der Kutsche erst selbst zu untersuchen. Doch sobald die Besucher hinausgebeten worden waren und ein Konstabler zum Polizeiarzt unterwegs war, stieg der Inspektor zu Holmes in die Kutsche.

Gemeinsam zogen sie die Leiche vorsichtig unter dem Sitz hervor. Sie war, wie sich erwies, die einer gutgekleideten, gepflegten Dame mittleren Alters, und den Beschreibungen nach handelte es sich um Mrs. Dorsinda Hass. Als Mediziner erkannte ich sofort, daß sie bereits mehrere Tage tot war, und mir entgingen auch die Male am Hals nicht, die eindeutig auf Strangulation hindeuteten. Zu meiner Verwunderung schien Holmes nicht sehr an der Toten interessiert zu sein, sondern mehr an dem Boden unter dem Sitz, wo die Leiche eingequetscht gelegen hatte. Er zündete sogar ein Streichholz an, um besser sehen zu können.

Als wir eine kurze Weile später vor der Kutsche standen, hielt Holmes in einer Hand eines dieser kleinen Kuverts, wie er sie gewohnheitsmäßig bei sich trägt, um darin kleinere Dinge unterzubringen, und in der anderen einen silbernen Schlüssel von ungewöhnlicher Form. Er sagte,

auf die zufriedene Weise, die sich aus der absoluten Beherrschung eines Themas ergibt: »Ich habe ein paar Sandkörner entdeckt, von derselben Art wie jene auf dem Teppich in der Preston Street, und einen Schlüssel, der vielleicht, vielleicht aber auch nicht, wesentlich für unsere Untersuchung sein mag.«
Reynolds, der seit Holmes' Entdeckung der Leiche ziemlich kleinlaut gewesen war, fand allmählich seine Fassung wieder und mit ihr seine Aggressivität. »Ich bin bereit einzuräumen, daß der Schlüssel von Interesse sein könnte, aber der Sand, wie ich schon einmal sagte, ist von keiner Bedeutung. Sie dürfen ihn behalten, doch um den Schlüssel muß ich Sie bitten.«
Sherlock Holmes händigte ihm den Schlüssel aus und steckte den Umschlag mit Sand ein. Reynolds hatte seine amtliche Haltung voll wiedergewonnen und sagte förmlich: »Meine Herren, Sie waren mir beide eine Hilfe, und dafür danke ich Ihnen. Doch ich muß Sie darauf aufmerksam machen, daß die Leiche nicht weiter berührt werden darf. Ich weiß zu schätzen, daß Sie die Entdeckung machten, Mr. Holmes, aber ich bin sicher, daß ich sie, allein des üblen Geruchs wegen, selbst ebenfalls sehr bald gefunden hätte.«
Ich ärgerte mich ungemein über diese Bemerkungen, die doch ganz offensichtlich Sherlock Holmes' Beitrag in diesem Fall schmälern sollten. Die Reaktion meines Freundes dagegen war erstaunlich milde. Er sagte: »Bitte, Inspektor, erwähnen Sie in Ihrem Bericht nicht, daß ein Privatdetektiv im Ruhestand an diesem Fall mitgewirkt hat, denn das würde die Sache nur komplizieren.«
Als der Polizeiarzt ankam, konnten wir das Schloß verlassen und unsere eigenen Pläne für die nächsten Stunden

machen. Reynolds mußte natürlich zu seinem Büro zurück, um seinen Bericht zu verfassen, nachdem er Holmes gegenüber die nun offensichtliche Verbindung zwischen dem Verschwinden in der Preston Street und dem Mann zugegeben hatte, der den Pavilion beim Öffnen überstürzt verlassen hatte. Selbst Reynolds mußte Holmes' Meinung überzeugt haben, nachdem er vor der Leiche der Verschwundenen stand.

Ich bin es zwar gewöhnt, daß Holmes im Lauf einer Untersuchung unerwartete Züge machte, doch auf unseren nächsten Schritt war ich nicht vorbereitet. Wir besuchten die öffentliche Bibliothek in der Church Street, wo er sich mehrere Bände über Regency-Geschichte bringen ließ. Die Bücher wurden in einem Aufzug, wie man ihn für Speisen benutzt, überraschend schnell aus dem Archiv im Keller hochgeschickt. Holmes vertiefte sich sofort darin.

Ich hüstelte, aber Holmes murmelte nur: »Hört sich an, als bekämen Sie Ihre übliche Sommererkältung, Watson.« Ich beschloß deshalb, in die St. George's Terrace zurückzukehren, und bat Holmes, dasselbe zu tun, sobald er seine Nachforschungen hier beendet hatte, die ich nicht mit unserem gegenwärtigen Fall in Verbindung bringen konnte. Unserer bizarren Entdeckung wegen hätte ich so gern über die ganze Sache mit ihm diskutiert, aber er verabschiedete mich mit einer Handbewegung und den Worten: »Gehen Sie, wenn Sie müssen, Watson. Ich komme später nach.«

Ich ließ mich etwas verdrossen im Sprechzimmer nieder, um einige ältere Nummern des *Lancet* zu lesen. Erst Stunden später hörte ich Holmes' vertraute Schritte auf der Außentreppe. Als er eintrat, war mir, als ginge eine

Atmosphäre unterdrückter Erregung von ihm aus, und als wolle er mir sogleich von seinen Deduktionen und Entdeckungen erzählen. Inzwischen hatte ich mich jedoch in eine so schlechte Laune hineingesteigert, daß ich ihm beweisen wollte, ich sei für Aufregungen aus zweiter Hand nicht mehr von ihm abhängig. Ich sagte deshalb, daß ich schon fast am Verhungern sei, mich jedoch gern bei einem Mahl mit ihm über seine Theorien unterhalten würde.

Da Holmes mich am vergangenen Abend eingeladen hatte, war ich heute an der Reihe, für das Dinner zu sorgen, nur fand ich, daß ich es mir nicht leisten konnte, mich gleichwertig zu revanchieren und ihn zu Prestons zu führen. Aber ich zweifelte nicht, daß wir in Brighton ein anderes ansprechendes Restaurant finden würden, das nicht nur meinem sparsamen Geldbeutel angemessen, sondern auch von höherem Niveau als Mr. William Harris' war. Wir betraten schließlich ein ausgezeichnetes Steakhaus in den Lanes, und bei einem schottischen Lendenstück, das meine Laune verbesserte, verriet mir Holmes seine neuesten Entdeckungen.

»Haben Sie sich die Porträts in der Galerie angesehen, Watson?« fragte er.

Ich erwiderte, daß mein Blick nur flüchtig darüber gewandert sei.

»Alles an einem Ermittlungsort muß studiert werden«, rügte er mich. »Als ich die Leiche der bedauernswerten Mrs. Hass entdeckte, fand ich, daß sie mich an jemanden erinnerte. Später wurde mir bewußt, daß sie Ähnlichkeit mit einer der Damen hatte, deren Porträts auf der Galerie hingen.«

»Aber Holmes«, wandte ich ein, »ein Zufall, weiter nichts!«

Er lachte bitter. »Sie hören sich schon bald wie Reynolds an. Er hielt eine Verbindung zwischen dem Verschwinden einer Dame aus der Preston Street in der Nacht des 2. und dem Erscheinen einer Person im Pavilion am Morgen des 3. für unwahrscheinlich. Ich mußte erst ihre Leiche finden, um ihn zu überzeugen. Selbst jetzt würde er die Verbindung noch leugnen, wenn ihm das möglich wäre. Zufälle, Watson, sind selten. Was der Durchschnittsmensch für einen Zufall hält, stellt sich gewöhnlich als wichtiger Hinweis heraus.«
Ich zuckte die Achseln und fragte: »Und welches Porträt, fanden Sie, hat eine Ähnlichkeit mit Dorsinda Hass?«
»Das von Sarah Siddons.«
»Die Regency-Schauspielerin?« keuchte ich. »Sie muß doch bereits mindestens siebenundfünfzig Jahre tot sein!«
Eine Spur Ungeduld sprach aus meinem Freund, als er erklärte: »Daß Gesichtsschnitt, Augenfarbe, ja sogar bestimmte Bewegungen vererbt werden können, ist wohl hinlänglich bekannt, so daß man nicht im besonderen darauf hinzuweisen braucht, vor allem gegenüber einem Mediziner. Erinnern Sie sich an das Porträt von Sir Hugo Baskerville in dem Fall mit dem Hund, den Sie in Ihrer Geschichte im *Strand* so ausschmückten und romantisierten?«
Natürlich entsann ich mich. »Stapleton hatte Ähnlichkeit mit Sir Hugo, was Sie, zu Recht, dazu führte, einen Baskerville in ihm zu vermuten. Ich glaube, Sie nannten es eines der bemerkenswertesten Beispiele von Atavismus.«
Holmes ließ sich nicht von Reminiszenzen an längst vergangene Fälle ablenken. »Die Ähnlichkeit zwischen Dorsinda Hass und Sarah Siddons ist nicht ganz so ausge-

prägt, aber jedenfalls vorhanden. Das brachte mich darauf, über den ungewöhnlichen Namen des Mordopfers nachzudenken. Natürlich hätte Dorsinda Hass, oder vielmehr der Nachname, durch Heirat erworben oder das Ganze ein Theatername sein können, denn sie war tatsächlich Schauspielerin. Doch hier ist noch ein ›Zufall‹ für Ihre Sammlung, Watson: Dorsinda Hass ist ein Anagramm von Sarah Siddons!«

Ich kritzelte auf die Speisekarte, zuerst ungläubig, bis ich zu meinem Erstaunen erkennen mußte, daß es wirklich so war. »Großer Gott, Holmes, Sie haben recht! Aber wo steckt hier die Bedeutung?«

»Mrs. William Siddons«, erklärte Holmes, »war nicht nur eine berühmte Lady Macbeth-Darstellerin, sondern auch die Geliebte von König Georg IV., der, wie Sie wissen, 1784 den Pavilion als sein Wochenendschloß zu bauen begann. Ein Studium einiger Punkte der Geschichte jener Zeit ebenso wie einige hiesige Klatschgeschichtchen führten mich zu einem sehr wahrscheinlichen Umstand, der zumindest teilweise Licht in das Rätsel bringen müßte.«

»Wollen Sie damit sagen, daß Sie lediglich aus dem Studium einiger geschichtlicher Hinweise die Lösung des Rätsels gefunden haben, wie eine Dame, die aus einem Haus in der Preston Street verschwand, in eine Kutsche im Pavilion kam?«

Holmes lächelte sphinxhaft. »Wenn Sie mich morgen in die Preston Street begleiten, werden wir meine Theorie auf die Probe stellen. Ich werde Ihnen momentan nichts Näheres sagen, denn zum erstenmal in meinem Leben frage selbst ich mich, ob die Möglichkeit dessen, was ich glaube, tatsächlich bestehen kann. Meine Deduktionen sind eine exakte Wissenschaft, doch nur soweit sie jene

Dinge betreffen, die ich anderen mitzuteilen bereit bin. Insgeheim kann sogar ich Phantasien nachhängen.«

Das hörte sich so gar nicht wie der Sherlock Holmes aus den Baker Street-Tagen an, aber er hatte genug gesagt, so daß ich irgendwelche seiner Entdeckungen nicht in Zweifel zog. Ich schwieg jedenfalls, denn ich hatte keine Lust, mich selbst zum Esel zu machen!

Wieder in der Preston Street

Als ich am nächsten Morgen aufstand, stellte ich fest, daß Holmes das Haus bereits verlassen und einen Zettel an meine große Frühstückstasse gelehnt hatte.

Mein lieber Watson,
ich weiß, daß Sie sich erst Ihrer Praxis annehmen müssen, aber kommen Sie, sobald Sie es ermöglichen können, in die Preston Street.
Der Schinken ist ranzig. Probieren Sie die Würstchen.

Bis später
Ihr Freund
Sherlock Holmes

Ich glaube, daß kein Arzt je Patienten, ein ganzes Wartezimmer voll, so rasch abfertigte wie ich an diesem Vormittag. Kaum daß ich den Puls las, den Herzschlag oder die Brust abhorchte. Dafür schrieb ich Rezepte mit einer Geschwindigkeit, die meine käsigen Simulanten erstaunte. Um zehn Uhr dreißig hatte ich meine Sprechstunde beendet und um elf Uhr auch die beiden dringenden Hausbesuche hinter mir. So traf ich nur wenige Minuten nach elf Uhr im Haus an der Preston Street ein und hoffte, daß ich nichts Wesentliches versäumt hatte.
»Watson, alter Freund«, empfing mich Holmes im Wohnzimmer der seligen Mrs. Hass. »Ich hatte noch kaum die Gelegenheit zu mehr, als Inspektor Reynolds über das zu informieren, was ich Ihnen gestern abend beim Dinner erzählte. Und nun ist es soweit, daß wir meine, vielleicht etwas phantastische Theorie auf die Probe stellen.«
Reynolds brummelte, und ich stellte mir vor, was sich zwi-

schen ihnen zugetragen hatte. Der Inspektor, nahm ich an, hatte starke Vorbehalte geäußert, was die Ähnlichkeit zwischen Dorsinda Hass und dem Porträt von Sarah Siddons betraf. Holmes würde ihn behandelt haben wie einen sich heftig wehrenden Fisch an der Angel, und dann, wie Holmes es gestern abend auch bei mir gemacht hatte, Reynolds' Zweifel mit dem Anagramm arg ins Wanken gebracht, wenn nicht ganz beseitigt haben.

Holmes wandte sich an den Kriminalbeamten: »Reynolds, Sie haben doch den Schlüssel mitgebracht, den wir nahe der Leiche unter dem Kutschensitz fanden?«

Reynolds nickte und kramte einen Umschlag aus seiner Brusttasche, auf den die Einzelheiten über die Auffindung des Schlüssels gekritzelt waren. Er öffnete das Kuvert, schüttelte den Schlüssel heraus und reichte ihn leicht widerstrebend dem Detektiv im Ruhestand.

»Das ist ein wichtiges Beweisstück«, brummte er, »und ich dürfte ihn von Rechts wegen keinem Unbefugten überlassen!«

Holmes lachte. »Mein teurer Inspektor, was kann es schaden? Immerhin wäre es durchaus möglich, daß er gar nicht entdeckt worden wäre, hätte ich ihn nicht aus der Ritze gefischt. Und bitte denken Sie auch an Ihre Wette. Ich dürfte doch wahrhaftig das Recht haben, meinen Ruf zu verteidigen!«

Daß Holmes mit dem Schlüssel geradewegs zu dem verschlossenen Bücherregal mit den Glasscheiben ging, verriet mir, daß ihm schon längst bewußt war, zu welchem Schloß er gehörte. Er steckte den Schlüssel hinein und drehte ihn, woraufhin er die sechs Fuß hohe Glastür aufschwingen konnte. Im Schrank befanden sich sechs Fächer, voll von den imposanten Bänden, die wir bereits durch die Glasscheibe bewundert hatten. Holmes untersuchte die Innenseite des Schlosses. »Die Form des Schlüssels verwunderte mich, aber ich glaube, wir werden feststellen, daß er auch von innen benutzt werden kann.« Was er sogleich demonstrierte.

»Ich sehe keinen Sinn in einem Schrankschloß, das sich auch von innen zusperren läßt«, sagte Reynolds. »Denn wer möchte sich schon in einem Schrank einsperren, selbst wenn darin Platz zum Stehen ist, und das ist hier keineswegs der Fall.«

Holmes bedachte den Kriminalbeamten mit einem fast mitleidigen Blick. Er fuhr fort: »Ah, mein teurer Reynolds, bitte sehen Sie . . .«

Er drückte auf die Bücher in der Mitte des Schrankes. Ein Klicken war zu vernehmen, und die gesamte Rückseite des Schrankes, Fächer, Bücher, eben alles, schwang nach innen und gab den Weg in eine Kammer frei.

Unwillkürlich keuchte ich. »Großer Gott, Holmes! Das ist ja ein Geheimgemach! Und Sie wußten von seiner Existenz — oder vermuteten es?«

»Ja, Watson, wissen ist das zutreffendere Wort«, entgegnete mein Freund. »Die Vermutung war der starken Überzeugung vorhergegangen. Ich glaube, wir haben nun zumindest einen Teil unseres Rätsels gelöst, nicht wahr, Inspektor? Wollen wir uns weiter umsehen?«

Reynolds antwortete nicht sofort — ja, er vermochte es nicht! Er brachte nur ein Nicken zustande, und seine Miene verriet die Verblüffung, die dem großen Detektiv gegenüber nun schon fast charakteristisch für ihn wurde.

Holmes verließ kurz das Wohnzimmer und kehrte mit einer dunklen Laterne zurück, die er, wie er erklärte, von einem der Konstabler auf Wache ausgeborgt hatte. Dann trat er kühn Reynolds und mir voraus ins Unbekannte. Er schaute sich zunächst eingehend am unmittelbaren Eingang des Geheimraumes um, dann blickte er über die Schulter zu uns und sagte: »Die Kammer führt offenbar zu einem Gang von beachtlicher Länge.«

»Meinen Sie, wir können ihm unbesorgt folgen?« fragte ich.

»Ja«, antwortete er. »Ich glaube nicht, daß irgendeine Gefahr droht.«

Wir stapften hinter Holmes her, der mit einer unterdrückten Erregung wie ein erfahrenes Streitroß dahinschritt. Als er zu mir zurückschaute, sagte er zwar nichts, aber seine Miene, zweifellos betont durch das Laternenlicht, schien mich aufzufordern: *Kommen Sie, Watson, es wird spannend!*

Ich fand, daß auch ein gewisses Triumphgefühl von ihm ausging. Er hatte so recht gehabt mit seiner Vermutung, daß es einen Geheimgang gab, und niemand sonst hatte auch nur an die Möglichkeit gedacht. Reynolds' Miene dagegen verriet eine Mischung aus Staunen und dem Gefühl, ein Bild von Unfähigkeit abzugeben.

Wir mußten ein paar niedrige Stufen hinuntersteigen, ehe wir zu einem Gang kamen, der viel länger als unser Blickfeld war, oder zumindest länger, als der Laternenschein reichte. Dieser Gang war etwa sechs Fuß hoch, und nur Holmes mußte sich ein wenig ducken. Er war auch ebenso breit, vielleicht sogar noch eine Spur breiter. Sein Zustand war gut, es lag zwar etwas Kreidestaub oder Kalk auf dem Boden, doch kein Wasser tropfte von den Wänden. Holmes machte mich darauf aufmerksam, als ich meine Vermutung äußerte, wir könnten uns in der Kanalisation befinden.

»Die Luft ist schal«, sagte er, »aber nicht übelriechend. Außerdem hausen hier offenbar keine Ratten.«

Nach etwa den ersten fünfzig Yards hatten wir keine Bedenken mehr, rascher voranzuschreiten. Dann, nach ungefähr zweihundert Yards, bog der Gang ziemlich scharf ab, nach

Osten, wie ich schätzte. Hin und wieder hielt Holmes an, um irgendeine Spur oder ein Zeichen auf dem Boden zu untersuchen, manchmal so abrupt, daß ich fast über seinen gebückten Rücken fiel. Er wies uns auf die vereinzelten Fußabdrücke in der dünnen Kreidestaubschicht hin. Als einige besonders deutliche Abdrücke sichtbar wurden, untersuchte er sie noch eingehender. Er machte uns auch auf die doppelte Spur aufmerksam, die ihm verriet, daß etwas getragen oder vielmehr gezerrt worden war, von dem ein Teil den Gangboden berührt hatte.

»Sie werden bemerkt haben, Inspektor«, flüsterte mein Freund — irgendwie hatten wir alle das Bedürfnis, so leise wie möglich zu sein —, »daß er von mittlerer Größe war, dieser Mann, der die Tote durch diesen Gang schleppte.«

Reynolds flüsterte zurück: »Das können Sie alles nur aus den Fußabdrücken erkennen?«

»Selbstverständlich.« Holmes bemühte sich weiterhin, leise, aber deutlich zu sprechen. »Und noch viel mehr. Seine Schuhgröße, die acht, achteinhalb oder vielleicht neun ist, deutet auf einen Mann von mittlerer Statur hin. Das wird durch die Tatsache bekräftigt, daß er sein Opfer teils trug, teils über den Boden schleifte. Seine Schuhe wurden auf dem Kontinent angefertigt, wahrscheinlich in Belgien, doch eine Ausbesserung fast sicher von einem hiesigen Schuhmacher durchgeführt. Ich glaube nicht, daß Sie nach einem Landstreicher suchen müssen, außer wir sehen uns dem unwahrscheinlichen Fall gegenüber, daß er ein Paar Stiefel in seiner Größe stahl, die von ziemlich teurer, kontinentaler Machart waren.«

Wir folgten dem neuen Verlauf des Geheimganges weitere zwei- oder dreihundert Yards, und ich schätzte, daß wir insgesamt eine gute Meile zurückgelegt hatten, als er abrupt endete.

Holmes untersuchte den Fußboden an diesem jähen Ende und fragte Reynolds: »Fanden Sie etwas Kreidestaub an der Kleidung der Toten? Ich hatte leider nicht die Gelegenheit, sie so genau zu untersuchen, wie ich es gern getan hätte.«
Der Inspektor nickte und bestätigte: »Ja, aber nur einen Hauch.«
»Sehen Sie«, Holmes deutete auf den Boden. »Diese Spuren verraten, daß unser Mann seine Last hingelegt hat, ehe er den Gang verließ. Er muß sich einen Ausgang mit leicht transportierbarem Werkzeug verschafft haben, möglicherweise mit einem Stemmeisen, wie Einbrecher es benutzen.«
Reynolds und ich sahen uns im schwachen Laternenschein um, doch weder er noch ich entdeckten etwas, das auf einen Ausgang hingewiesen hätte. Holmes' scharfe Augen hatten jedoch bereits bemerkt, daß die Ziegeldecke geendet hatte und sich unmittelbar über unseren Köpfen eine Holzverschalung befand. Drei schmale Stufen, ähnlich jenen des Eingangs, ermöglichten es, verhältnismäßig leicht an diese Holzdecke zu gelangen.
Holmes drückte einen Finger an die Lippen und löschte die Laterne. Anfangs schienen wir uns in absoluter Dunkelheit zu befinden, doch als sich unsere Augen angepaßt hatten, sahen wir Licht durch die Ritzen zwischen den Brettern über uns schimmern. Außerdem hörten wir gedämpft Schritte und das leichte Knarren des Holzes.
Holmes zündete die Laterne wieder an und drückte mit aller Kraft gegen die Decke, wobei ihm seine Größe zustatten kam. Er erreichte damit jedoch offenbar nicht viel, denn er erklärte: »Ich fürchte, wir brauchen zumindest einen schweren Hammer. Inspektor, glauben Sie, Sie könnten einen beschaffen?«
Reynolds, der inzwischen soweit war, daß er einen Elefanten für Holmes geholt hätte, wenn der große Detektiv da-

rum gebeten hätte, machte sich daran, zum Preston Street-Ende des Ganges zurückzukehren, um das Gewünschte zu besorgen. Er und die Laterne blieben eine beachtliche Weile aus, während der Holmes mir erklärte, womit er rechnete.

»Ich glaube, Watson«, sagte er in die Dunkelheit, »daß wir in die Hauptgalerie des Pavilion gelangen werden, sobald wir diese Planken hochgestemmt haben.«

Nach unserer gestrigen, schrecklichen Entdeckung hielt auch ich das für sehr wahrscheinlich, fragte meinen Freund jedoch, wieso er das glaube.

»Sobald ich eine Verbindung zu Sarah Siddons vermutete, las ich jedes entsprechende Kapitel aller Bücher, die mir die Bibliothek über Brightons Regency-Geschichte vorlegen konnte. Ich muß gestehen, daß die Leistungen der hiesigen Bibliothek bewundernswert sind. Sie hat einen beachtlichen Bestand an Büchern, Zeitschriften und unveröffentlichten Manuskripten jener Zeit. Mehrere dieser Bände deuteten die Möglichkeit eines Geheimganges zwischen dem Pavilion und dem Haus von Mrs. Siddons an. Es war ein hartnäckiges Gerücht, wenn man es so nennen will, und natürlich diente dieser Gang dazu, daß der König seine Geliebte unbemerkt besuchen konnte. Zweifellos würde Seine Majestät keine Kosten für den Bau dieses Ganges gescheut haben, was sein jetzt noch ausgezeichneter Zustand beweist, obwohl inzwischen nahezu ein Jahrhundert vergangen ist. Der Rest ist augenscheinlich. Dieser Mann, der Mrs. Hass bekannt gewesen sein muß, beraubte und tötete sie, dann schleppte er ihre Leiche durch den Gang und brachte sie in den Pavilion. Dort versteckte er sie unter dem Kutschensitz, und nachdem er den vorherigen Zustand des Fußboden wiederhergestellt hatte, wartete er auf die Öffnung des Pavilion, um sich rasch zu entfernen.«

Da war noch so viel, was mir auch seine Ausführung nicht klargemacht hatte, deshalb fragte ich: »Woher wissen Sie, daß Mrs. Hass ihren Mörder kannte und er nicht etwa ein Einbrecher war?«

»Ein gewöhnlicher Einbrecher hätte nichts von diesem Geheimgang wissen können, auf den wir selbst erst aufmerksam wurden, nachdem wir den Schlüssel in der Kutsche gefunden hatten.«

»Aber Holmes«, gab ich zu bedenken, »wo bleibt da die Logik? Weshalb hat er sich nicht einfach durch die Haustür davongestohlen?«

»Hätte er das getan«, antwortete Holmes offenbar leicht gereizt, »hätte man ihn zweifellos festgenommen. Immerhin konnte er Mrs. Hughes hören, die an der Tür stand und nach einem Konstabler rief.«

Ich ließ diese Folgerung gelten, war aber noch nicht zufrieden. »Nun, er wußte also von diesem Geheimgang, aber warum schaffte er die Leiche nicht einfach hinunter und wartete, um sich dann später durch denselben Eingang davonzuschleichen?«

Holmes seufzte. Hin und wieder ärgere ich mich über sein Benehmen, doch ich toleriere seine häufige, unverständliche Gereiztheit, weil mich seine Gedankengänge faszinieren. »Wirklich, Watson, welche Gelegenheit hätte er seither gehabt, aus diesem Haus zu kommen? Offenbar war er intelligent genug, das zu erkennen. Vielleicht hatte er geplant, den Ausgang zum Pavilion zu nehmen, vielleicht auch nicht. Aber ich glaube, daß es seine Absicht war, denn wie wir feststellten, hatte er dazu das nötige Werkzeug bei sich.«

Doch noch etwas verwunderte mich: »Aber warum hat er die Leiche nicht einfach im Geheimgang zurückgelassen und seine Flucht dann so vorgenommen, wie er es tat? Hätte er die Leiche lediglich zwei- oder dreihundert Yards in den Gang geschleppt, würden Sie sich nur mit dem Verschwinden, nicht mit einem Mord befaßt haben, und das eigentliche Verbrechen wäre vielleicht erst nach Jahren entdeckt worden.«

Ich muß gestehen, es überraschte mich, daß Holmes ernst nickte und mir beipflichtete: »Sie haben recht, Watson, und es ist das einzige in diesem Fall, was der Logik entbehrt. Warum, in aller Welt, versteckte er sie in der Kutsche, wo die Entdeckung schließlich unvermeidlich war? Vielleicht haben wir hier eine dieser Widersinnigkeiten, an denen der Verstand eines Verbrechers manchmal leidet.«

Die restlichen Minuten bis zur Rückkehr des Inspektors verbrachte ich mit der Erinnerung an eine frühere Situation, bei der ich mit Holmes ebenfalls in einem unterirdischen Gang hatte ausharren müssen. Ich habe den schrecklichen Fall der Riesenratte von Sumatra nie niedergeschrieben und bezweifle, daß ich es je tun werde, doch wann immer ich mich in einem begrenzten dunklen Raum eingepfercht fühle, kehrt der Alptraum jener Ereignisse zurück.

Reynolds brachte einen stämmigen Konstabler mit, der einen Klauenhammer in der Hand hielt und dem es alsbald gelang, die mittleren Bretter hochzustemmen. Er streckte den Kopf durch die so entstandene Öffnung, und wir hörten ihn überrascht keuchen. Dann rief er zu uns hinunter: »Ich beiß' mich in den A...llerwertesten, wenn das nicht der Royal Pavilion ist!«

Der Konstabler stieg wieder zu uns herunter und half uns hinauf in die Hauptgalerie. Reynolds war so erstaunt wie sein Untergebener. Er sagte: »Meiner Seele! So also kam die Leiche der armen Dame in die Kutsche.«

Wir hatten eine ganze Schar begeisterter Besucher überrascht, die möglicherweise annahmen, wir wären lebendi-

ger Teil der Ausstellung, die zu bewundern sie bezahlt hatten.
Holmes legte mühelos die Dielen zurück und benutzte den Hammer, um sich zu vergewissern, daß es getan werden konnte und getan worden war, ohne am Fußboden Spuren zu hinterlassen. Reynolds stellte Holmes fast dieselben Fragen wie ich und erhielt entsprechende Antworten, aber er konnte sich ebensowenig wie wir einen Reim machen, weshalb der Mörder die tote Mrs. Hass nicht im Geheimgang zurückgelassen hatte.
Der Inspektor meinte: »So hat er also nur diesen einen Fehler begangen . . .«
Holmes verbesserte ihn sogleich. »Nein, nicht nur einen Fehler, sondern drei. Er ließ den Schlüssel in der Kutsche, zweifellos versehentlich. Dann hat er Spuren von Sand verloren, der weder aus der Gegend stammt noch überhaupt aus Salzwasser.«
»Ich verstehe wirklich nicht, weshalb Sie ein paar Sandkörnern solches Gewicht beimessen«, brummte Reynolds. Trotz seiner kürzlichen Verblüffung gewann er bereits seine übliche Arroganz zurück. »Nun, Mr. Holmes, ich gratuliere Ihnen zu Ihren Entdeckungen. Doch ein bedauerlicher Umstand bleibt: Wir haben den Mörder nicht, auch wissen wir jetzt nicht mehr über ihn als vor der Entdeckung des Geheimganges, dessen Existenz ich längst vermutet hatte.«
Ich war wütend über die Undankbarkeit dieses Kerls, aber Holmes mahnte mich mit einem raschen Blick, und so unterließ ich die ätzende Bemerkung, die mir bereits auf der Zunge gelegen hatte. Mein Freund holte seine Uhr aus der Westentasche und sagte: »Es ist vier. Kommen Sie, Watson, nehmen wir unseren Tee in *Ye Olde Bunne Shoppe* in der Portland Street zu uns.«

Die Teepause

Während wir unseren Tee tranken und anstandshalber die dazu servierten Waffeln (»frisch aus dem Ofen«) kosteten, sagte ich hitzig zu Holmes: »Dieser Reynolds ist arrogant, undankbar und unfähig zuzugeben, wie sehr Sie ihm geholfen haben!«

Mein Freund schob den Teller mit den Waffeln zur Seite und stopfte sich eine Pfeife. Da bemerkte er den mißbilligenden Blick der alten Schachtel in Kellnerinnenschürzchen, die uns unfreundlich bedient hatte, und zog statt dessen das Zigarettenetui aus der Tasche, das ihm der berühmte amerikanische Schauspieler William Gillette vor fünf Jahren verehrt hatte. Abwesend fischte er eine türkische Zigarette heraus und zündete sie mit einem Streichholz an. Dann erst ging er auf meine Bemerkung ein. »Aber Watson, sind wir von Polizeibeamten dergleichen nicht gewöhnt? Erinnern Sie sich doch an Lestrade und die ersten Fälle ... Und Gregson sowie Athelney Jones waren auch nicht viel besser. Doch mit der Zeit wurden sie alle fast menschlich. Außerdem dürfen Sie nicht vergessen, daß Reynolds recht hatte, als er sagte, daß wir trotz meiner Entdeckungen und Deduktionen den Mörder noch nicht gefaßt haben. Wir wissen sehr wenig über ihn, außer daß er von durchschnittlicher Statur ist und belgische Stiefel trägt.«

»Und weitere Hinweise gibt es nicht?« erkundigte ich mich.

»Nur vage.« Der Detektiv blies die Zigarettenrauchringe in die Luft, so daß der Rauch wie eine nebelhafte Henkersschlinge im Raum schwebte. »Ich habe eine Skizze von der Sohle eines der Stiefelabdrücke angefertigt.« Er deutete auf eine Bleistiftzeichnung in seinem Notizbuch. Sie zeigte nicht nur ein ungewöhnliches Wellenmuster auf der Sohle an, sondern auch eine Reparatur am Absatz. »Das Glück müßte uns schon sehr hold sein, damit wir Erfolg haben, Watson, das wissen Sie als Spieler selbst am besten, aber es kostet uns nicht mehr als Zeit, Erkundigungen bei den hiesigen Schuhmachern einzuziehen.«

Obwohl von dieser Zeit nicht mehr viel blieb, ehe die Schusterwerkstätten und Schuhläden für den Abend schlossen, kamen wir doch noch dazu, zwei Schuhmacher zu befragen. Holmes entschied sich als erstes für den Besuch eines Geschäfts in der Western Road, nur ein kurzes Stück von der Preston Street entfernt.

»Irgendwo müssen wir schließlich anfangen«, meinte Holmes, »obwohl der Täter, realistisch gesehen, seine Stiefel natürlich in einem völlig anderen Bezirk zum Reparieren gehabt haben kann.«

Der Laden war von der Preston Street nur ein paar Häuser entfernt an der Western Road in der Richtung des Clock Towers im Geschäftszentrum von Brighton. »Ambrose Felce & Söhne, Schuhmacher für gehobene Ansprüche«, stand an der Fassade. Als wir eintraten, klingelte es beim Öffnen und Schließen. Es herrschte die angenehme Atmosphäre, die nur in den Räumlichkeiten eines Familienbetriebs zu finden ist, in dem gleichermaßen Neuanfertigungen wie Reparaturen vorgenommen werden. In den Ecken häuften sich Stücke von Schaft- wie auch Sohlenleder, und in der Nähe des Eingangs stand ein Ladentisch mit einer altmodischen Kasse und einem Auftragsbuch. Überall waren die Spuren der fleißigen Tätigkeit eines Handwerkers zu sehen, der auch selbst verkauft und der zumindest versucht, sowohl praktisch wie perfekt zu sein:

Stummel von Tintenstiften, nicht ganz ausgetrunkene Teetassen, offene Dosen mit Wichse... Und die Gerüche! Diese köstliche Mischung, die sich durch die Odeurs von Leder, Fischleim, Lederfett und Lederseife ergab. Der Geruch eines Schuhmachergeschäfts wird für mich nur noch durch den Theaterduft hinter den Kulissen übertroffen.

Der Ladentisch, die Wände und überhaupt sämtliche Oberflächen hatten im Lauf der Zeit einen fleckigen, öligen Überzug bekommen, und zweifellos hatte seit mindestens zwei Jahrzehnten kein Anstreicher hier mehr walten dürfen. Wir traten auf herumliegende Schuhnägel und Stifte, als ein älterer Mann in Hemdsärmeln, doch mit einer flachen Kappe auf dem Kopf, durch eine Tür hinter dem Ladentisch hereingeeilt kam. Er ließ sie halb offen stehen, so war mir ein aufregender Blick vergönnt auf Arbeitstische mit Leisten und Sohlenpresse, mit Werkzeug und Leder aller Art und Schuhen und Stiefel in den verschiedensten Herstellungs- und Reparaturstadien.

Der Mann war zweifellos geschäftig, ja vielleicht sogar überarbeitet, denn er wirkte ungeduldig und wollte so rasch wie möglich erfahren, weshalb wir gekommen waren, um zu seiner Arbeit zurückkehren zu können.

Holmes zeigte ihm die Skizze in seinem Notizbuch. »Ich weiß natürlich, wie kostbar Ihre Zeit ist«, versicherte er dem Schuhmachermeister, »aber ich wäre Ihnen sehr dankbar, wenn Sie mir sagen könnten, ob die hier grob skizzierte Reparatur Ihre Arbeit sein könnte.«

Mr. Jonathan Felce, einer der »Söhne« auf dem Firmenschild, war inzwischen der Senior der Familie, wie er uns erklärte, als Holmes ihm unsere Namen nannte. Er nahm seine Kappe ab, um sich überlegend die kahle Stelle zwischen dem schütteren grauen Haarkranz zu kratzen.

»Franzmannstiefel, eh? Hab' schon seit Jahren keine hier gehabt. Nein, nein, ist nicht meine Arbeit . . . Schau'n Sie sich doch bloß das an! Das kann nur von einem Stift sein, und der ist hier völlig an der falschen Stelle! Sieht wie die Arbeit von dem jungen Brownlow aus.«

Er beschrieb uns den Weg zu diesem Schuhmacher in der Duke Street. »Ist gleich neben 'nem Schaufenster voll ausgestopfter Affen und so was. Wenn Sie mich jetzt entschuldigen täten, ich muß mit Sir Harrys Schuhen weitermachen.«

»Ich glaube, Sie sollten den linken Absatz gründlich verstärken«, riet Holmes.

Unwillkürlich riß der Schuhmacher stumm den Mund auf, was mir bewies, daß Holmes, wie schon so oft, den Nagel geradewegs auf den Kopf getroffen hatte. »Es wäre besser, Sir Harry ließe sich von Ihnen ein neues Paar Lackschuhe mit spitzen Zehen anfertigen, wie sie jetzt in Mode sind.«

»Wie in aller Welt können Sie wissen, daß ich ihm seine alten Lackschuhe mit den breiten Zehen zusammenflick'? Ich hab' ihm schon gesagt, daß es gescheiter wär, wenn ich ihm neue machen tät.«

Holmes lächelte, als er erklärte: »Als ich kürzlich im Restaurant Preston war, fiel mir auf, daß Sir Harry bei seinem Gang den linken Absatz viel schneller als den rechten abtreten muß. Außerdem bemerkte ich, daß er altmodische Lacklederschuhe trug, die dringend der Reparatur bedurften. Haben Sie Dank für Ihre wertvolle Auskunft, Mr. Felce.«

Brownlow's erwies sich als modernes Geschäft mit der neuesten Ladenkasse und einem ausgestellten und mit Preisschildern ausgezeichneten Sortiment. Der »junge Brownlow« war ein Mann von etwa fünfzig mit sandgrauem Haar und einem gewichsten Schnurrbart. Er

wirkte geschäftstüchtig und freundlicher, als unser erster Eindruck von dem ältlichen Mr. Felce gewesen war.
Er studierte Holmes' Skizze. »Ja, ich habe tatsächlich vor etwa sechs Wochen ein Paar belgische Stiefel ausgebessert. Sieht auch aus wie meine Arbeit. Lassen Sie mich in meinem Auftragsbuch nachsehen.«
Er blätterte in einem linierten Buch, dann zeigte er uns die Eintragung:

> *B. Smith. Victor-Stiefel; Sohlen und Absätze. Dresden Street 23, Brighton. 15. April 1906. Fertig 20. April. 1 s. 10½* d.

Holmes las die Eintragung, nickte dankbar und fragte: »Könnten Sie uns diesen Smith vielleicht beschreiben, Mr. Brownlow?«
Der Schuhmacher rieb nachdenklich seinen Schnurrbart und murmelte: »Nun, es kommen natürlich viele Herren mit ihren Schuhen hierher, aber ich glaube, ich erinnere mich, daß diese Victor-Stiefel von einem noch jungen Mann mittlerer Größe und Statur gebracht wurden. Wenn ich mich nicht irre, hatte er dunkles Haar, eine ziemlich große Nase und war glattrasiert. Sie müssen verstehen, ich erinnere mich eigentlich nur an ihn, weil die Stiefel ungewöhnlich waren, nicht er selbst.«
Als wir das Geschäft verlassen hatten und abwärts, Richtung See, gingen, bemerkte ich: »Nun, Holmes, Ihren Schuster fanden wir ziemlich leicht. Doch jetzt kommt der schwierige Teil! Die Beschreibung könnte bestimmt auf tausend Brightoner zutreffen.«
Holmes warf mir einen Blick zu und entgegnete: »Überlegen Sie doch, Watson! Wir haben auch erfahren, daß dieser Mann wenigstens sechs bis sieben Wochen hier wohnte und schon beim Schuhmacher nicht bereit war, Name und

Adresse richtig anzugeben. Ich wette, und das, obwohl ich wahrhaftig nicht so wettversessen bin wie Sie, daß er nicht B. Smith heißt und daß wir in Kürze erfahren werden, daß es in Brighton keine Dresden Street gibt.«

Ich mußte zugeben, daß »Smith« tatsächlich häufig gebraucht wurde, wenn jemand seine Anonymität wahren wollte und daß Dresden Street Brighton wirklich etwas ausländisch klang. Wir erreichten das Hauptpostamt gerade noch, ehe es zumachte, und konnten den Straßenplan einsehen. Der Index führte keine Dresden Street auf.

An diesem Abend dinierten wir unter den Sternen in einem der Speiselokale an der Sun Terrace. Es lag zwischen der unteren und der oberen Promenade und bemühte sich offenbar, die Boulevard-Cafés von Paris nachzuahmen. Ich höre nie auf, mich zu wundern, wie bereitwillig Holmes solche Neuheiten akzeptiert. Ich ziehe jedenfalls das Simpson oder das Harry Preston vor! Es ist mir unmöglich, es amüsant zu finden, wenn eine Meeresbrise meine Speisekarte davonweht und mir das Essen abkühlt oder die Fliegen sich auf der Butter niederlassen.

Nach dem Dinner zog meinen Freund eine Einfriedung direkt auf dem Kiesstrand an, wo man Liegestühle bekommen und die musikalische Unterhaltung der »Vier singenden Raubritter« des Mr. Jack Shepherd über sich ergehen lassen konnte. Ihre Stimmen waren anhörbar, aber natürlich nicht von Covent Garden-Niveau. Ich muß allerdings zugeben, daß es recht angenehm war, in einem Liegestuhl ruhend den Sternenhimmel zu genießen und den neuesten Schlagern zu lauschen.

Danach schlenderten wir zur St. George's Terrace zurück, wo ich mir auf der Treppe zum erstenmal seit Stunden Gedanken über meine Pflichten als Urlaubsvertretung machte.

Das Brightoner Aquarium

Am nächsten Tag verbrachte Holmes ziemlich viel Zeit in einer Besprechung mit Inspektor Reynolds. Ich war nicht dabei, denn ich hatte meine Praxis oder vielmehr die mir zeitweilig anvertraute bereits allzusehr vernachlässigt.

Am Spätnachmittag konnte ich mich dann endlich meinem Freund bei einem Spaziergang am Meer anschließen. Er erzählte mir alles, was im Lauf des Tages besprochen worden war. Es war einer dieser Juninachmittage, an denen man zweifelt, daß es wirklich Sommer ist, und der schneidende Seewind erhöhte die Temperatur keineswegs.

»Haben Sie Reynolds alles erzählt, was wir von diesem Schuhmacher Brownlow erfuhren?« fragte ich Holmes.

»Ja«, antwortete der Detektiv. »Aber ich fürchte, Watson, daß unser Freund der Inspektor zusehends das Interesse an dem Fall Hass verliert, da er eine neue Untersuchung leiten muß — einem Oberst Fotheringay wurde ein unbezahlbarer Brillant gestohlen, der *Asterisk of Pondicheri*. Natürlich darf Reynolds die Hass-Sache nicht völlig fallenlassen, denn immerhin handelt es sich um ein Kapitalverbrechen. Die britische Justiz kann es sich nicht leisten, den brutalen Mord an einer Dame mittleren Alters ad acta zu legen, ohne daß zumindest der Eindruck erweckt wurde, es sei alles Menschenmögliche getan worden, den Täter zu finden. Ich möchte schwören, daß alles andere hätte warten müssen, wenn Mrs. Hass von Adel gewesen wäre und nicht nur eine Schauspielerin.«

Sherlock Holmes schlug als Schutz gegen den heftigen

Wind den Kragen seines Jacketts hoch und deutete auf das Aquarium. Er meinte, wir könnten unser Gespräch auch dort fortsetzen, wo wir nicht den Elementen ausgesetzt wären.

Das Brightoner Aquarium ist eine berühmte Sehenswürdigkeit. Es wurde Mitte des vergangenen Jahrhunderts eröffnet und ist meiner Meinung nach immer noch das beste öffentliche auf den Britischen Inseln. Ganz gewiß hat es jedenfalls das Aquarium der Londoner Zoological Society im Regent's Park auf den zweiten Platz verdrängt. Wir betraten es durch das Drehkreuz am Eingang und wanderten durch den beruhigend dämmrigen Raum, vorbei an den gewaltigen Tanks mit den gläsernen Vorderseiten. Riesige Meeraale wanden sich durch die Abflußrohre, die teilweise im Kies am Tankboden vergraben waren, und flinke braune Forellen schossen auf der Jagd nach Insekten immer wieder an die Oberfläche. Es gab sowohl Süß- wie auch Meerwasseraquarien, von denen letztere etwas grünlicher und trüber waren.

Ich hatte noch nie zuvor die kleinen Haie gesehen, die rauhe, kleingefleckte Haut hatten, auch die niedlichen Schmetterlingsfische, die wie auf Insektenbeinen auf dem Boden umherhuschten, waren mir bisher unbekannt gewesen.

Hier war genau der richtige Ort für jemanden mit wissenschaftlichem Verstand und lebhaftem Interesse, also für einen Mann wie Sherlock Holmes. Anfangs sah es aus, als würde seine wissenschaftliche Neugier das verdrängen, womit er sich eigentlich beschäftigen sollte. Doch nachdem er die meisten Tanks studiert hatte, beschloß er, auf einer langen Bank gegenüber einem großen Süßwasseraquarium Platz zu nehmen. Die Bank war für Besucher gedacht, die sich in aller Muße der Beobachtung der exotischen Fische widmen wollten. Unsere lange Bekanntschaft verriet mir jedoch, daß Holmes' Aufmerksamkeit nicht ausschließlich dem Segelflosser galt, der dort herumschwamm.

»Wissen Sie, Watson, dieser Scalar ist ein seltsamer Bursche. Sehen Sie, wie hoch er ist und wie auffällig sein Muster, wenn man ihn von der Seite betrachtet? Aber — warten Sie ... Schauen Sie, wie er fast zu verschwinden scheint, wenn man ihn von vorn sieht!«

Ich staunte, wie sehr das stimmte, als der waffeldünne Fisch uns das Gesicht zuwandte. Ich entsinne mich, daß ich dachte, wie dieser Fisch doch dem Problem ähnelte, mit dem sich Holmes befassen mußte: Ganz klar als Ganzes, doch so gut wie unsichtbar, wenn es um den Mörder und seine mögliche Festnahme ging.

Holmes erhob sich bedächtig von der Bank und studierte den Fisch eingehender. An diesem Nachmittag waren nur wenige Besucher im Aquarium, und es herrschte eine nervenberuhigende Stille, die lediglich vom Bellen einer luftatmenden Meereskreatur in einem anderen Tank gebrochen wurde, die energisch ihre Heringe forderte.

Endlich brach Holmes das Schweigen. »Watson«, zischelte er, »sehen Sie sich den Sand am Boden des Tanks an!«

Ich blickte auf die weißen Körnchen am Grund dieses Aquariums, die nicht nur dekorativ waren, sondern auch den Wurzeln von tropischen Wasserpflanzen und Korallen Halt boten, die darin malerisch arrangiert waren.

Holmes tippte mit dem langen, schmalen Zeigefinger auf das Glas, nahe dem Boden. »Erinnern Sie sich an den Sand, den wir unter dem Mikroskop hatten?«

Ich mußte zugeben, daß der in diesem Aquarium vom gleichen Rohweiß war und wahrscheinlich ebenfalls keine salinischen Substanzen enthielt, da sich die Scalare nur in Süßwasser aufhielten.
»Wenn wir erfahren, wer mit diesem Sand zu tun hat, der in dieser Gegend nicht vorkommt, läßt sich die Liste von Verdächtigen wahrscheinlich stark begrenzen«, meinte Holmes. »Es mag in Brighton ja an die tausend Männer von mittlerer Statur und mit Dutzendgesichtern geben, die dunkelhaarig und in den Dreißigern sind, doch zweifellos kommen davon nur wenige mit diesem importierten Sand in Berührung.«
Wir mußten nicht lange suchen, bis wir einen Aquariumsbediensteten fanden. Vor einem Tank mit Plattfischen und Forellen stand ein kräftiger Mann in Wärteruniform. Er sprach zu einer kleinen Gruppe Schulkinder im Ton eines Beamten, der weiß, wie wenig auf seine Autorität geachtet wird. Seine Stimme verriet, daß er niedriger Abstammung war, sich jedoch bemühte, sich zu verbessern. Sie erinnerte mich an die vieler Armeesergeanten.
Er sagte gerade: ». . . und hier haben wir die Schollen. Wie alle anderen Meerestiere werden sie mit einem Auge an jeder Seite geboren, aber später, wenn sie anfangen, platt auf dem Meeresboden zu liegen, wandert das Auge, auf dem sie liegen, über den Rücken auf die andere Seite. Seht ihr, wie sie sich im Sand vergraben, bis nur die Augen herausschauen?« Er deutete auf die mit Sand überzogenen platten Fische, und nach seiner väterlich stolzen Miene hätte man fast glauben können, daß er sie höchstpersönlich erfunden hatte.
Nach dieser kurzen Belehrung der Schüler hielt Holmes

ihn auf und gab sich als Ichthyologe aus. Er stellte sich vor und sagte: »Guter Mann, darf ich Ihnen meine Anerkennung für Ihren kurzen Vortrag über die Scholle aussprechen? Mein Freund und ich fanden ihn sehr lehrreich. Ich bin John Clay, wissenschaftliches Mitglied der Royal Society of Aquaria, und dies ist mein Freund, Sefton Grieves, der einstweilen noch einfaches Mitglied ist.«
Nachdem der Wärter gesagt hatte, daß er 'arry 'awkins heiße, schüttelte Holmes ihm die Hand und schob ihm zwei Half Crowns zu, über die der Mann sich sichtlich freute. Er tippte an seine Schirmmütze und sagte: »Danke, vielen Dank, Sir. Und auch Ihnen vielen Dank, Mr. Grieves. Gestatten Sie, daß ich sage, daß auch Sie wissenschaftliches Mitglied werden, wenn Sie nur genug studieren. Ich bin schon viele Jahre 'ier und kann Ihnen praktisch alles über Fische sagen, was Sie bloß wissen wollen.«
Holmes' Talent, Namen und Organisationen zu erfinden, überraschte mich nicht, denn es war keineswegs die erste Demonstration dieser Fähigkeit.
Holmes kam sogleich zur Sache. »Uns interessiert dieser weiße Sand. Er ist offenbar nicht von hier.«
»O nein, meine 'erren, bestimmt nicht«, bestätigte Hawkins. »Wir importieren ihn extra ... aus der Südsee – oder einer ähnlichen Gegend. Wir bewahren ihn in einem Faß auf der Laufplanke auf. Vielleicht würden Sie und Ihr Freund sich gern auf der Laufplanke umsehen?« Seine Hand machte eine merkwürdige Bewegung, wodurch sie so gedreht wurde, daß der Handteller nach oben schaute. Nach zwei weiteren Half Crowns führte er uns durch eine Tür und ein paar Stufen zu der erwähnten Laufplanke hoch.

In einem Aquarium war ich noch nie »hinter den Kulissen« gewesen, ja, ich hatte nicht einmal daran gedacht, daß es so etwas geben könnte. Man betrachtet die Tanks von der Vorderseite, wie es beabsichtigt ist, ohne einen Gedanken daran zu verschwenden, wie sie gewartet werden.

Die Laufplanke hatte ihren Namen zu Recht, denn es handelte sich wahrhaftig nur um eine Reihe von Planken ziemlich hoch oben entlang der Aquarien. Ich bemerkte nun, daß diese Tanks nicht künstlich beleuchtet wurden, sondern durch das Tageslicht, das durch die gläsernen Einsätze im Dach darüber fiel. Ich ging sehr vorsichtig am Haifischaquarium vorbei und zog meine Hand hastig zurück, als ein Seelöwe danach schnappte, nachdem sein glänzender Schädel unerwartet aus der Wasseroberfläche seiner Behausung aufgetaucht war.

In gewissen Abständen gab es an dieser Laufplankenreihe Plattformen, auf denen man sicherer stehen konnte und wo die für die Aquarien benötigten Dinge aufbewahrt waren. Da gab es große Fässer mit Sand, andere mit Fischstücken, die zweifellos als Futter für die größeren Meerestiere in den Tanks gedacht waren.

Sobald wir die Plattform mit den Sachen für das Segelflosseraquarium erreichten, hielten wir an, und Hawkins zeigte uns das Faß mit dem importierten weißen Sand. Als Holmes ihn durch die Finger rieseln ließ, konnte ich sogar bloßen Auges sehen, daß die Körnchen ganz gewiß jenen ähnelten, die er im Haus in der Preston Street und neben der Leiche im Royal Pavilion entdeckt hatte.

Hawkins machte uns mit seinen beiden Gehilfen, Arnold und Harcourt, bekannt. Während Holmes sich mit den beiden jungen Männern über Aquarien unterhielt — ein

Thema, über das er offenbar erstaunlich gut informiert war —, musterte ich die zwei unauffällig.
Beide waren von mittlerer Größe und Statur, und seltsamerweise hätte man die Nase eines jeden als »groß« bezeichnen können. Arnold war eine Spur dunkler als Harcourt, doch auf beide paßte die Beschreibung »dunkelhaarig«. Harcourt trug eine Hose von etwas modernerem Schnitt als Arnold, und ich bemerkte, daß die Beine einen Aufschlag hatten, in Nachahmung jener, die Seine Majestät, König Edward, trug.
Ich tat mein Bestes, mir ihre Stiefel genau anzusehen, doch weder die des einen noch die des anderen wiesen besondere Merkmale auf. Etwas wie eine Broschüre, auf der die Initialen »B. P.« zu erkennen waren, ragte aus einer von Harcourts Jackentaschen.
Holmes setzte die aufmerksame und ein wenig aufgeregte Miene auf, die man häufig bei Amateurnaturwissenschaftlern findet, und stellte Harcourt und Arnold viele Fragen über die Haltung von Segelflossern. Eine dieser scheinbar harmlosen Fragen schien mir sehr wichtig.
»Mr. Harcourt«, sagte Holmes, »ich bin ungemein an dem Sand interessiert, der hier verwendet wird, weil mir auffiel, daß seine Eigenschaften als Pflanzboden hervorragend sind. Ihre *Vallisneria spiralis* hat sich wundervoll eingewurzelt. Ich habe selbst ein kleines Aquarium und es mit Silbersand versucht, aber ohne spektakulären Erfolg. Glauben Sie, Sie könnten mir ein kleines bißchen zum Experimentieren überlassen?«
Harcourt drehte eine Tüte aus Wachspapier und schöpfte eine Handvoll Sand hinein. Dann reichte er sie Holmes und sagte: »Bitte, mein Herr. Ich bin sicher, daß Mr. Hawkins nichts dagegen hat.« Er blickte den Wärter an.

»Oder?« Hawkins grinste und gab seine Genehmigung mit einem Nicken.
Holmes nahm dankbar die Tüte und sagte: »Ich bin Ihnen allen sehr verbunden, und ich bin überzeugt, daß meine unbedeutenden Leistungen als Aquarianer dadurch gefördert werden. Mein kleines Aquarium hat natürlich kein eigenes Heizsystem mit Dampfrohrleitung, mit dem Sie hier ausgerüstet sind. Ich habe es unmittelbar über den Haushaltsheißwasserrohren stehen, mit mittlerem Erfolg, wie ich gestehe.«
Immer wieder staune ich über den Einfallsreichtum meines Freundes, und ich bemerkte, daß sogar die zwei berufsmäßigen Aquarianer alles glaubten, was er ihnen vorgemacht hatte.
Vorsichtig tasteten wir uns zum öffentlichen Ausstellungsraum zurück und schritten dann zum Ausgang. Als wir an dem Aquarium mit den Segelflossern vorbeikamen, blieb Holmes wieder stehen und studierte es eingehend, als fiele es ihm schwer, sich von den Fischen und allem loszureißen, was dazu gehörte. Er hielt Hawkins am Arm zurück. »Es ist so klar«, sagte er in seiner Rolle als aquaristischer Anfänger. »Wenn ich bedenke, wie trüb das Wasser in meinem kleinen Aquarium wird, kann ich mir einfach nicht vorstellen, wie Sie das hier fertigbringen.«
Hawkins strich mit den Fingerspitzen über seinen imposanten Schnurrbart und gestand: »Das verdanken wir 'arcourt . . . Er ist ein sehr guter Mann . . . Leert den Tank alle vierzehn Tage und füllt ihn neu auf. Macht er natürlich, wenn das Aquarium geschlossen ist. Morgen abend ist es wieder soweit.«
»Dann hat er es also das letztemal etwa um den vierten

gemacht?« bemerkte Holmes. »Wirklich ein pflichtbewußter Arbeiter, Mr. Hawkins.«
Der Gute bestätigte es. »Ja, Sir, wir sind froh, daß wir ihn 'aben. Ein echter Enthusiast. Natürlich ist auch Arnold sehr tüchtig, aber 'arcourt 'at studiert, und was er nicht genau weiß, liest er nach. Arbeitet übrigens für einen ziemlich niedrigen Lohn. Wenn die beiden sich nicht ein Zimmer teilen würden, wüßte ich wirklich nicht, wie sie auskommen, Sir.«
Holmes fragte: »Also ist auch Arnold ein guter Mann? Und zuverlässig, nehme ich an?«
»Zuverlässig, Sir? Nun, das würde ich wohl meinen«, antwortete Hawkins fest. »Ich kenne ihn, seit er ein Dreikäse'och war.«
Ich verstand nicht, wieso Holmes seine Rolle weiterspielte, nachdem er doch jetzt offenbar hatte, worauf er aus gewesen war. Kaum hatten wir die St. George's Terrace erreicht, untersuchte Holmes sofort seinen frisch erstandenen Sand unter dem Mikroskop. Es überraschte mich nicht, als er mir versicherte, daß es ohne Zweifel der gleiche war wie unsere beiden Proben.
Dann ließ er sich auf das Sofa fallen und hing seinen Gedanken nach, aus denen ich ihn nicht zu reißen wagte. Ich beschäftigte mich inzwischen leise mit medizinischen Unterlagen, als Holmes etwa vierzig Minuten später abrupt hochsprang. »Kommen Sie, Watson«, forderte er mich auf. »Es ist an der Zeit, den guten Inspektor einzuweihen. Ich glaube, es ist mir gelungen, die ganze Sache zu rekonstruieren. Oder zumindest das Wichtigste.«
Inzwischen war es bereits viel zu spät, als daß sich Reynolds noch im Amt aufgehalten hätte. Aber Holmes hat keinen Respekt vor Privatleben, wenn ein Fall dem Ab-

schluß nahe ist. Er verlangte von einem verwirrten Beamten am anderen Ende des Praxistelefons die Adresse des Inspektors. Nachdem er den Diensthabenden überlistet hatte, sie ihm zu geben, kritzelte Holmes eine kurze Nachricht und ging damit zur Haustür. Zu meinem großen Erstaunen schob er den rechten Daumen und Zeigefinger in den Mund und stieß einen kreischenden Pfiff aus.

Zu meiner weiteren Überraschung eilte daraufhin ein kleiner Junge in zerlumpter Hose die Straße hoch und nahm stolz vor dem Detektiv Haltung an. Holmes gab ihm den Zettel, nannte ihm Reynolds' Adresse, und schon rannte der Junge wieder los.

»Was in aller . . .« stöhnte ich.

»Die Brightoner ›Irregulären‹ organisieren sich«, erklärte mir Holmes gleichmütig, als wäre das selbstverständlich.

Holmes erklärt

Es dauerte keine dreißig Minuten, nachdem Holmes den Straßenjungen weggeschickt hatte, da hörten wir bereits Motorenlärm von der Straße. Ich wußte, daß Reynolds der stolze Besitzer eines Gefährts war, das ich in jüngeren Tagen als pferdelose Chaise bezeichnet hätte, das jedoch jetzt, 1906, bereits allgemein als Automobil bekannt war. Es beendete seine Fahrt mit einem Kreischen und einem hörbaren Schaudern, was eine ziemliche Schar Neugieriger herbeirief, denn diese Motorkarossen waren immer noch so selten, daß sie als Neuheiten Aufsehen erregten.

Inspektor Reynolds war über die Störung in seiner Mußezeit nicht sehr erfreut, aber er war zumindest einigermaßen höflich, als er eintrat und murmelte: »Ich bin sicher, Mr. Holmes, Sie haben etwas so Wichtiges entdeckt, daß Sie es für angebracht hielten, mich um mein Abendessen zu bringen. Das hoffe ich zumindest!«

»Bitte machen Sie es sich bequem, Inspektor. Sie ebenfalls, Watson.« Holmes wies uns Polstersessel an, während er selbst stehen blieb. »Ich halte es für an der Zeit, die Sammlung von Tatsachen und Entdeckungen zu bündeln und zu verknüpfen und diesem Fall den Namen zu geben, mit dem ich ihn bereits in Gedanken bedachte: ›Das Geheimnis des Royal Pavilion‹ – ein guter Titel für Sie, Watson, falls Sie irgendwann einmal Lust haben sollten, diese Episode niederzuschreiben und zu veröffentlichen. Doch zuerst, Inspektor, möchte ich Ihnen eine kleine Erfrischung anbieten, um Sie für Ihr entgangenes Abendessen wenigstens leidlich zu entschädigen.«

Während wir auf Reynolds gewartet hatten, hatte ich knuspriges Brot geschnitten, mit Butter bestrichen und mit Käse belegt. Wir spülten diesen Imbiß mit ein paar Gläsern von Salisburys Weißwein hinunter.

Reynolds und ich balancierten unsere Teller und Gläser auf den Knien, doch Holmes stapfte im Zimmer hin und her und benutzte sein belegtes Brot zum Gestikulieren, nachdem er mit seiner Erzählung begonnen hatte, ohne öfter als ein- oder zweimal davon abzubeißen.

»Mrs. Sarah Siddons, die der zweifelhaften Berühmtheit — vor allem in Brighton — dieses Namens leid war, änderte ihn, indem sie lediglich die Buchstaben umstellte, wodurch ›Dorsinda Hass‹ daraus wurde. Dadurch, daß sie ihre Bühnenkarriere aufgegeben hatte, verlor dieser, von ihrer berühmteren Vorfahrin ererbte Name ohnedies an Wert. Obwohl sie von derselben Quelle auch ein sehr wertvolles Schmuckstück besaß, war sie keine reiche Frau und vermietete deshalb das Obergeschoß ihres Hauses. Ihre letzte Mieterin war Mrs. Hughes.«

Als Holmes innehielt, um von seinem Wein zu trinken, öffnete Reynolds den Mund, schloß ihn jedoch wortlos wieder. Ich vermutete, daß er Holmes darauf hatte aufmerksam machen wollen, daß wir das alles bereits wußten, es sich dann aber doch anders überlegt hatte.

Holmes fuhr fort: »Nachdem sie selbst bereits eine Weile in diesem Haus gewohnt hatte, entdeckte Mrs. Hass zweifellos das Geheimnis des Bücherschranks und des unterirdischen Gangs. Natürlich wäre es möglich, daß sie es bereits durch Familienüberlieferung gewußt hatte. Der größte Teil des geerbten Schmuckes war nur mit Halbedelsteinen gefertigt, die Brosche von der Form des Royal Pavilion, deren Eindruck ich auf dem Samtkissen bemerkt hatte, war die Ausnahme. Meine hiesigen Nachforschungen brachten zutage, daß der Prinzregent der ersten Sarah Siddons eine Brosche von der Form des Pavilion verehrte, die mit Brillanten und Rubinen verziert war. Schon zur Zeit ihrer Anfertigung, vor fast hundert Jahren, war sie etwa eine Viertelmillion Pfund wert.«

Reynolds konnte sich nun nicht länger zurückhalten. Er unterbrach Holmes: »Sie könnte immerhin eine Brosche von dieser Form, aber praktisch wertlos, besessen und verloren haben.«

Holmes nickte. »Das wäre natürlich möglich, aber ich bin überzeugt, daß wir es in diesem Fall nicht nur mit Mord zu tun haben, sondern auch mit dem Diebstahl eines sehr wertvollen Kleinods. Mrs. Hass, die sich nicht nur von der Bühne zurückgezogen hatte, sondern auch Witwe war, mußte sich einsam gefühlt haben, deshalb entwickelte sie die Angewohnheit, abendliche Spaziergänge zu machen, vermutlich auf der Promenade, den Piers und im Aquarium. Durch ihre regelmäßigen Besuche im Aquarium machte sie die Bekanntschaft eines dort Bediensteten und freundete sich mit ihm an, ja verliebte sich vielleicht sogar in ihn, wie es ja bei einer nicht mehr ganz jungen Dame und einem ansehnlichen jungen Mann schon vorkommen kann. Dieser Bedienstete heißt Harcourt und ist viele Jahre jünger, als sie war.«

Der Inspektor schoß hoch wie ein Rebhuhn, das ein Jagdhund aufgestöbert hat. »Sie haben den Mörder gefunden? Er heißt Harcourt?« Er war bereit, sofort zum Aquarium zu stürmen und die Verhaftung durchzuführen, doch Holmes hielt ihn zurück.

»Bitte, Inspektor, setzen Sie sich wieder und hören Sie sich meine Geschichte bis zum Ende an. Im Lauf von Wochen, ja Monaten, wuchs ihr Vertrauen zu Harcourt, doch mit nach Hause nahm sie ihn erst in jener folgenschweren Nacht.«

Ich mußte einfach fragen: »Wie können Sie dessen so sicher sein, Holmes?«

Mein Freund erwiderte: »Weil Mrs. Hughes in höchstem Maß über die Gabe scharfer Beobachtung verfügt. Sie wußte nichts von Harcourt oder irgendeinem anderen Besucher. Doch — und dies ist wesentlich — obwohl es sein erster Besuch war, hatte Mrs. Hass ihm bereits von dem Geheimgang und dem Regency-Schmuck erzählt.«

Reynolds nickte. »Ganz sicher muß er gewußt haben, daß er in den Pavilion gelangen konnte.«

»Das und noch viel mehr hat er gewußt«, bestätigte Holmes. »Er plante sorgfältig, sie zu töten und zu berauben und sich dann mit der Leiche aus der Wohnung zu entfernen, eben durch den Geheimgang.«

»Warum mußte er sie töten?« fragte ich etwas verwirrt. »Hätte es denn nicht genügt, wenn er sie nur beraubt hätte und dann geflohen wäre?«

Holmes schüttelte den Kopf. »Aus Gründen, auf die ich noch kommen werde, wollte er in Brighton und an seinem Arbeitsplatz im Aquarium bleiben.«

Ich war entsprechend beschämt durch Holmes' Antwort. Wie üblich fand ich mich damit ab, ein wenig hinter den Gedankengängen meines brillanten Freundes herzuhinken.

In gespieltem Tadel richtete Holmes den Finger auf mich. »Wären Sie nicht so unbedacht gewesen, eine Wette mit dem Inspektor abzuschließen, die Ihrem ergebenen Diener keine andere Wahl ließ, als hierherzukommen, wäre die Leiche möglicherweise bis jetzt noch nicht entdeckt worden. Das meiste wußte ich bereits, nur nicht die genaue Identität des Verbrechers. Sie wurde uns durch einen zufälligen Besuch im Aquarium offenbart, wo die Frage des importierten Sandes gelöst wurde.«

Keineswegs entmutigt durch die Zurückweisung meiner vorherigen Frage, warf ich nun ein: »Es ist mir nun klar, daß die Sandkörnchen an der Kleidung geklebt haben und deshalb an verschiedenen Orten gefunden werden konnten. Aber wieso kann es nicht Arnold gewesen sein? Schließlich paßt die Beschreibung auf ihn ebensogut wie auf Harcourt.«

»Wer zum Teufel ist Arnold?« wollte Reynolds wissen, doch Holmes winkte ab und antwortete mir.

»Aus mehreren Gründen, Watson. Doch im Augenblick wollen wir uns auf den Sand konzentrieren. Wie Sie richtig bemerkten, hatten beide Männer Zugang zu ihm, doch von den zweien ahmt offenbar nur Harcourt diese Mode nach, die König Edward begonnen hat, nämlich die Hosenbeine hochzukrempeln. In diesem ›Aufschlag‹ konnte sich reichlich Sand sammeln, der nur bei gewissen Bewegungen herausrieselte. Harcourt war sich vermutlich des Sandes in seinen Aufschlägen gar nicht bewußt. Der Schlüssel, der natürlich durch ein Versehen in der Nähe der Leiche zurückblieb, war ein noch wichtigerer Hinweis. Daß der Mörder ihn verlor und wir ihn entdeckten, war ein schicksalsbedingter Zufall.«

Der Inspektor, der eine Weile stumm zugehört hatte, brauste nun auf. »Sie haben uns immer noch nicht gesagt, warum er sie nicht einfach nur beraubt hat und dann geflohen ist!«

»Geduld, Mr. Reynolds«, beruhigte ihn Holmes. »Ich wollte es gerade erklären. Harcourt war durchaus bewußt, wie schwierig es sein würde, die Pavilionbrosche so zu verkaufen, daß es sich für ihn auch wirklich lohnte. Kein üblicher Hehler würde ihm dafür auch nur ein Zehntel ihres Wertes geben, und ein Juwelier würde sie oder zumindest ihren ungeheuren Wert erkennen und die Polizei benachrichtigen.«

Ich stellte die logische Frage: »Warum hat er dann nicht einfach die Steine herausgebrochen und einzeln verkauft?«

»Eine gute Frage, Watson. Dieser Gedanke kam auch mir. Bei näherem Überlegen wurde mir klar, daß der Verbrecher gut genug geplant hatte, erst einen Käufer zu suchen, ehe er sie stahl, und zwar einen Sammler, der es mit der Ehrlichkeit nicht so genau nahm und ihm dafür wenigstens die Hälfte ihres wahren Wertes bezahlen würde; jedenfalls genug, ihn zu einem sehr reichen Mann zu machen. Der Unterschied zwischen dieser und anderen Methoden würde die langen Wochen des Planens der Mühe wert machen.«

»Kennen Sie einen solchen Sammler?« fragte Reynolds.

»Einen einzigen in einem Umkreis von fünfhundert Meilen, und dieser eine wohnt in einem Vorort von Brüssel. Es gibt einen Hinweis darauf, der jedoch keineswegs bewiesen ist, nämlich die belgischen Stiefel, die auf einen bereits vor einiger Zeit erfolgten Besuch jenes Landes hindeuten. Er dürfte jedenfalls lange genug zurückliegen, daß sie der Reparatur durch einen hiesigen Schuhmacher bedurften, dem ein falscher Name und eine falsche Adresse angegeben wurden.«

»Aber warum«, fragte ich und bemerkte, daß der Kriminalbeamte erleichtert wirkte, als hätte er diese oder eine ähnliche Frage ebenfalls stellen wollen, »warum begab er sich nicht sofort, nachdem er Mrs. Hass getötet und die Brosche gestohlen hatte, nach Brüssel? Es standen ihm so viele Möglichkeiten offen, dorthin zu gelangen!«

»Aber alle diese Möglichkeiten wären außerordentlich riskant für jemanden, der einen gestohlenen Gegenstand von so hohem Wert verstecken wollte — von so hohem Wert, daß er sogar tötete, um ihn zu bekommen. Die sicherste Möglichkeit wäre die einer Tagesausflugsfahrt zu irgendeinem Vergnügungsort auf dem Kontinent. Und was wäre da für seinen Zweck besser geeignet als ein Tagesausflug nach Boulogne mit der *Brighton Pride?*«

Natürlich, die *Brighton Pride!* Ich kannte diesen Schaufelraddampfer, der im Sommer täglich Horden von Tagesausflüglern nach Frankreich und zurück brachte. Sich unter diese Touristen zu mischen wäre das Sicherste. Und obgleich Holmes es nicht erwähnt hatte, hatte ein Prospekt, der genau diese Ausflüge anbot, aus Harcourts Jackentasche herausgeschaut. Die Initialen »B. P.« hatten die Dinge für Sherlock Holmes kristallklar gemacht.

»Nun«, gab Reynolds zu, »das klingt wirklich logisch. Der rechtzeitig benachrichtigte Sammler kann sich mühelos nach Boulogne oder an sonst einen Treffpunkt begeben, um den Handel abzuschließen. Wahrscheinlich würde Harcourt überhaupt nicht nach England zurückkehren.«

Mir fiel ein Fehler in dieser Logik auf. »Warum hat er dann so lange gewartet? Weshalb ist er noch nicht nach Boulogne gereist?«

Manchmal ärgere ich mich wirklich über meinen Freund, wenn er sich wie ein Schulmeister benimmt, der einen geistig zurückgebliebenen Schüler belehrt. »Weil die Tagesausflüge über den Kanal erst am 19. diesen Monats beginnen. Das ist übermorgen, und ich bin überzeugt, daß Harcourt beabsichtigt, gleich mit dem allerersten Schiff zu fahren.«

Reynolds hatte soviel gehört, wie er im Augenblick hören wollte. Jetzt beabsichtigte er zu beweisen, daß er ein Mann der Tat war. Er stand auf und sagte: »Er wird diesen Raddampfer nie betreten! Ich muß ihn sofort verhaften, ohne jegliche weitere Verzögerung. Wissen Sie, wo er wohnt?«

»Bitte, Inspektor, hören Sie erst bis zu Ende zu«, sagte Holmes beschwichtigend. »Harcourt wohnt mit einem Kollegen aus dem Aquarium zusammen, und ich bezweifle sehr, daß er das Risiko eingehen würde, das Kleinod in seinem Zimmer aufzubewahren oder bei sich zu tragen. Ich nehme an, er hat es so versteckt, daß er es sich unmittelbar vor seiner Abreise rasch holen kann. Wenn Sie voreilig handeln, entweder indem Sie ihn verhaften oder auch nur alarmieren, kommen wir vielleicht nie an die Brosche heran. Wenn Sie mir vertrauen, werden Sie schließlich Ihren Mörder *und* die Brosche bekommen. Und jetzt setzen Sie sich bitte wieder. Vielleicht kann ich es Ihnen mit noch etwas von diese ausgezeichneten Wein schmackhafter machen, den Watson so aufmerksamerweise zur Verfügung gestellt hat?«

Das Geheimnis des Aquariums

Sie können sich vorstellen, werter Leser, mit welcher Ungeduld ich am folgenden Tag Bronchitis, Gallensteine, eingewachsene Zehennägel und Influenza behandelte, da ich immer wieder daran denken mußte, welche aufregende Zeit Holmes und Reynolds inzwischen ohne mich erlebten!

Wie sich erwies, war es jedoch absolut nicht notwendig, daß ich meine Pflichten flüchtig verrichtete oder gar vernachlässigte (das tat ich auch nicht, jedenfalls nicht an diesem Tag), denn ich sollte weder meinen Freund noch den Inspektor vor dem Abend sehen. Das letzte, was Holmes zu mir gesagt hatte, ehe er am Vormittag wegging, war: »Kommen Sie um achtzehn Uhr zum Aquarium, wir treffen uns vor dem Eingang, und bringen Sie Ihren Dienstrevolver mit — falls Sie ihn hier haben.«

Ich hatte ihn zwar tatsächlich nach Brighton mitgenommen, aber die Munition zu Haus gelassen. Schon auf dem Weg zur Victoria Station war mir meine Vergeßlichkeit bewußt geworden, aber ich war nicht umgekehrt, weil ich mich in der Annahme sicher fühlte, daß ich als Vertretung eines angesehenen Brightoner Arztes wohl kaum würde schießen müssen.

Nachdem ich das letzte Kreuz an diesem Vormittag und eine chronische Arthritis versorgt hatte, machte ich meine Hausbesuche — es waren glücklicherweise nur drei. Der erste führte mich zu einer alten Dame, die sich beschwerte, daß ich nicht ihr Hausarzt sei.

Der nächste galt einem alten Mann, der an Gicht litt. Ich nahm seinen Puls und untersuchte seinen geschwollenen Knöchel, dann riet ich ihm: »Sie sollten maßvoller mit dem Dunville sein.« Er starrte mich verblüfft an und fragte: »Wie können Sie wissen, welche Marke ich trinke? Sie haben doch bloß ein bißchen an meinem geschwollenen Fuß herumgedrückt!«

Ich entgegnete: »Diese Flecken verraten einem Fachmann, daß es sich um Dunville handelt. Eine netzförmige Äderung dagegen hätte auf Black & White hingedeutet.« Ich hatte natürlich die leeren Dunvilleflaschen neben der Mülltonne vor seinem Haus gesehen. Ich weiß nicht, ob Holmes das an meiner Stelle gestanden hätte, ich tat es jedenfalls nicht.

Mein letzter Hausbesuch war unnötig, denn die Schwangere war inzwischen bereits von einem vorüberkommenden Schutzmann von einem gesunden Jungen entbunden worden. Als ich ankam, war das Haus in einer etwas heruntergekommenen Gegend voll von hilfsbereiten Nachbarn und ihren Kindern, die scheinbar alle hin und her rannten und wenig leisteten. Ich untersuchte Mutter und Kind, beide waren in überraschend guter Verfassung, dann verscheuchte ich alle, außer zwei offenbar tüchtigen, großmütterlichen Personen.

Ich nahm ein spätes Mittagessen in einem kleinen Restaurant nahe der Ditchling Road zu mir, aber in der Aufregung meiner Erwartung eines bevorstehenden Abenteuers brachte ich nicht viel mehr hinunter als eine Grillplatte und als Nachspeise zwei Portionen Bettelmann, das ist ein Auflauf aus Schwarzbrotbröseln, Butter, Eiern und Früchten. Am Spätnachmittag schlenderte ich zur unteren Promenade hinunter und schaute mir ein Punch-und-Judy-Puppenspiel an. Als Punch immer wieder mit seiner Pritsche auf die arme Judy einschlug, verglich ich sie unwillkürlich mit der bedauernswerten Mrs. Hass. Doch Punch sah Holmes viel ähnlicher als Harcourt, das beeinträchtigte den Vergleich.

Als nächstes versuchte ich meine Langeweile zu vertreiben, indem ich die Leute auf den Promenadebänken beobachtete. Wie in vielen Erholungsorten gab es zahlreiche »Originale«: eine Frau mit einem Korbkinderwagen, der statt des erwarteten Babys zwei weiße Angorakaninchen behauste; ein armer Teufel, der sich lautstark über eine ungeheure Ungerechtigkeit ausließ, die echt oder eingebildet sein mochte. Dann war da noch ein älterer Blinder, dessen Gesicht unter dem silbernen Gespinst seines Kopfhaares und Bartes kaum zu sehen war. Er las einer Ansammlung von Frauen und Kindern aus einer riesigen Braillebibel vor. Seine zittrigen, von Altersflecken gezeichneten Hände wanderten über die erhabenen Punkte, offenbar ohne sie zu berühren, was mich zu der Vermutung veranlaßte, daß er das Ganze auswendig kannte. Doch das spielte keine Rolle, seine Bemühungen wurden jedenfalls mit vielen Kupfermünzen und mehr als einem Silberstück belohnt.

Dann ließ auch ich mich auf einer Bank nieder, zwischen einem Lahmen und einer Dame mit einem ältlichen Pekinesen, die sich nicht davon abhalten ließ, mich in alle Einzelheiten der Krankheiten ihres Hundes und deren Behandlung einzuweihen. Diese Exzentriker der Brightoner Promenade wären als einzelne Individuen im Hyde Park oder den Kensington Gardens bemerkenswert gewesen, wo ein Erwachsener, der ein Spielzeugschiff auf dem Round Pond segeln läßt, Mittelpunkt der Aufmerksamkeit werden und leicht der Lächerlichkeit anheimfallen kann (nicht daß es mich je störte!). In nur wenigen Tagen hatte sich mein Leben verändert, und ich war in ein bizarres Gespinst von Mord und Geheimgängen geraten, wodurch selbst mein Treffen mit Sherlock Holmes unbedeutender erschien.

Endlich wurde es sechs, und ich traf Holmes und Reynolds vor dem Besuchereingang des Aquariums. Wir wurden jedoch, auf Vereinbarung, von Mr. Hawkins durch eine Seitentür eingelassen. Holmes hatte diesen vertrauenswürdigen Mann offenbar eingeweiht. Wir gingen leise in die große Ausstellungshalle, die nun, außerhalb der Öffnungszeit, besucherleer war.

Holmes flüsterte angespannt: »Es ist Ihnen doch klar, Watson, was wir uns von der Tatsache erhoffen, daß Harcourt das Segelflosseraquarium entleeren wird. Ich habe guten Grund zur Annahme, daß er die wertvolle Brosche in diesem Tank versteckt hat, wahrscheinlich, als er ihn das letztemal reinigte, nämlich am 4. Juni, gleich nach dem Mord und Diebstahl.«

Wir bezogen unseren Posten in der Mitte der Halle, etwa sieben Fuß vom Glas des Segelflosseraquariums entfernt. Ich fand, daß wir da allzusehr auf dem Präsentierteller saßen, deshalb fragte ich Holmes leise: »Wird er uns durch das Glas denn nicht sehen?«

Holmes schüttelte den Kopf. »Die Abendsonne scheint durch das gläserne Oberlicht direkt in den Tank, in dem er arbeitet. Die Halle, in der wir stehen, liegt, wie Sie bemerken, im Dunkeln. Da wir alle dunkel gewandet sind, wird er uns nicht bemerken, wenn wir uns still verhalten.« Nun wandte sich der Detektiv an den sichtlich zappeligen Inspektor: »Reynolds, stellen Sie sich bitte an die Tür zur Wartungsabteilung. Öffnen Sie sie erst, wenn ich pfeife. Dann können Sie Ihre Verhaftung vornehmen.«

Während sich Reynolds zu dieser Tür begab, erklärte mir Holmes mit gedämpfter Stimme Näheres. »Harcourt kann die Wartungsabteilung dank Hawkins durch keinen anderen Ausgang verlassen. Ich warnte Reynolds, keine Konstabler hierherzubeordern, deshalb bat ich Sie, Ihren Revolver mitzubringen, nur für den Fall des Falles.«

Ich hatte keine Gelegenheit, Holmes zu erklären, daß ich vergessen hatte, die Munition mitzubringen, denn in diesem Augenblick begann das Wasser im Tank durch ein Ansaugrohr auszufließen. In wenigen Minuten sprang Harcourt barfuß, mit hochgerollten Hosenbeinen, platschend in das restliche Wasser. Er hielt in einer Hand einen Eimer und in der anderen einen Netzbehälter, mit dem er die zappelnden Fische in den Eimer schöpfte.

Ich fand es unheimlich, diesem Burschen, der keine Ahnung hatte, daß er von vier Augenpaaren aufmerksam beobachtet wurde, bei der Arbeit zuzusehen. Er schien die Tankreinigung sehr geschickt vorzunehmen, so wie er die Algen vom Glas schabte und den Sand mit einer Handharke lockerte. Als er sich vergewisserte, daß die Wasserschraube auch richtig angewachsen war, fragte ich mich, ob Holmes' Verdacht nicht falsch war. Doch da änderte sich Harcourts Benehmen ganz leicht, seine Bewegungen wirkten verstohlen. Er fing an, in der Ecke, die am weitesten von uns entfernt war, im Sand zu graben. Nachdem er sich eine Weile mit einem kleinen Kompaß orientiert hatte, fand er, was er suchte. Seine Hand kam aus der nassen, dichten Masse heraus, und ich sah, daß sie einen kleinen, aber glitzernden Gegenstand hielt, den er zum Säubern im Wasser hin und her schwenkte, ehe er ihn mit seinem Taschentuch abtrocknete.

Das war offenbar der Augenblick, auf den Holmes gewartet hatte, denn er blies jetzt in seine Trillerpfeife. Sofort riß Reynolds die Tür auf und stürmte die Stufen zur Laufplanke hoch. Obwohl er dabei leise vorgegangen war, mußte Harcourt ihn gehört haben und stemmte sich rasch zur Laufplanke hoch. Was unmittelbar daraufhin geschah, konnten wir nicht richtig sehen. Wir hörten laute Männerstimmen, und Holmes rannte mit Hawkins zur Tür der Wartungsabteilung.

Sie erreichten sie gleichzeitig und stießen mit den Schultern zusammen, in ihrer Hast, durch die enge Öffnung zu gelangen. Während Holmes Hawkins zur Seite schob, rief er mir über die Schulter zu, zu bleiben, wo ich war, »für den Fall des Falles«.

Noch während er rief und ehe er zur Laufplanke hochsteigen konnte, erregte ein lautes Platschen aus einem anderen Tank unsere Aufmerksamkeit. Entgegen Holmes' Anweisung verließ ich meinen Posten und raste den Gang entlang, wo sich mir ein grauenvoller Anblick bot. In seiner Anstrengung, Reynolds zu entkommen, war Harcourt offensichtlich von der Laufplanke gefallen und in das Aquarium der Katzenhaie gestürzt. Anscheinend vermochte er nicht zu schwimmen, aber er tat sein Bestes hinauszugelangen, indem er sich mit den Füßen von dem sandigen Boden hochstieß, um den Tankrand fassen zu können. Das wäre ihm gewiß auch ohne größere Schwierigkeiten gelungen, hätte es die Haie nicht gegeben. Diese kleinen, an den europäischen Küsten heimischen Fische sind normalerweise keine »Menschenfresser«, aber im Tank, wo sie gewohnt waren, alles Frischfleisch zu fressen, gewöhnlich das von Schafen, das man ihnen als Futter zuwarf, war ihre Reaktion automatisch. Sie rissen an dem Bedauernswerten, bis das

Wasser zu blutig war, als daß ich noch etwas hätte sehen können.
Infolge der veränderten Umstände ignorierte ich nun Holmes' Anweisung völlig und verließ die Ausstellungshalle, um dem Beispiel meines Freundes zu folgen. Ich raste durch die Tür in die Wartungsabteilung und die Stufen zu den wackligen Planken hoch. Zu viert glückte es uns schließlich, Harcourt, oder genauer gesagt, was von ihm übrig war, aus dem Tank auf eine der Plattformen zu ziehen. Er lebte noch, und als Arzt versuchte ich für ihn zu tun, was ich nur konnte.
Holmes zischte: »Wird er durchkommen?«
Nach ein paar Sekunden blickte ich zu meinem Freund hoch und schüttelte den Kopf. »Er hat zuviel Blut verloren«, flüsterte ich.
Reynolds, dem klar war, daß Harcourt nicht mehr davonlaufen konnte, war losgerannt, um die Sanitäter zu Hilfe zu holen, die in der Baracke des Roten Kreuzes auf der Promenade in Bereitschaft waren.
Harcourt plagte sich, etwas zu sagen, da kniete sich Holmes neben ihn und lächelte ihm ermutigend zu. Harcourt krächzte: »Wissen Sie, was passiert ist?«
Holmes nickte und sagte: »Alles, außer einem, Harcourt. Weshalb schleppten Sie die Leiche in die Kutsche, statt sie in dem Geheimgang zu lassen? Wenn Sie das nicht getan hätten, wäre sie vielleicht immer noch nicht gefunden worden.«
Harcourt mußte seine ganze Kraft sammeln, um die Lösung des Paviliongeheimnisses auch nur zu krächzen. »Die arme Dame hatte Angst vor Spinnen, und in dem Gang waren so viele.«
Wäre dies ein Roman gewesen, so würde Harcourt nun

»sein Leben aushauchen«, und das Ende wäre gekommen. Die Wirklichkeit aber sieht etwas anders aus: Der Mensch klammert sich an sein Leben, solange er diese immer kürzer werdenden Fäden nur halten kann, und Harcourt bildete keine Ausnahme. Er war grauenvoll verstümmelt, und ich glaube, daß ich zu Recht sagen kann, daß der Tod eine Gnade für ihn war, als er endlich kam. Selbst wenn medizinische Künste ihn hätten am Leben erhalten können, wäre er der Hinrichtung nicht entgangen.

Nach einer scheinbaren Ewigkeit und doch nur wenige Minuten nach seinen letzten Worten, durchzog ein Schaudern Harcourt, und er starb. Was von seiner Linken übrig war, öffnete sich, und das Kleinod fiel heraus, für das er ein Leben geraubt und schließlich sein eigenes gegeben hatte. Als die Sanitäter die verstümmelte Leiche wegtrugen, machte Holmes keine Anstalten, die Brosche aufzuheben. Mein alter Freund hatte seinen Fall gelöst und überließ es anderen, die glitzernde Ursache des Rätsels zu bergen.

Reynolds bückte sich schließlich nach ihr. Sie lag dicht neben einer Blutlache von fast gleicher Farbe wie die Rubine, die ein Prinzregent einst für eine begnadete Schauspielerin ausgewählt hatte.

Später an diesem Abend dinierten Holmes, Reynolds und ich im Preston. Zwischen Suppe und Hauptgang holte der Inspektor die wertvolle Brosche mit ihren dicht an dicht gesteckten Edelsteinen aus der Tasche und legte sie auf die Damastdecke neben den glänzenden silbernen Salzstreuer. »Sehen Sie nur, wie wunderschön sie ist!« sagte er.

Ich mußte zugeben, daß es wahrhaftig ein beeindruckendes Stück meisterlicher Goldschmiedearbeit war. Sie war den Umrissen des Pavilion in Gold nachgeformt, mit unzähligen winzigen Rubinen und Brillanten gespickt, und für die Säulen und minarettähnlichen Türmchen waren größere Steine genommen worden; Nadel, Verschluß und Sicherheitskettchen waren ebenfalls aus purem Gold. Sie erinnerte mich nicht nur an den Prunkbau des Prinzregenten, sondern auch an ähnliche Paläste, die ich in Indien und Afghanistan gesehen hatte.
»Ja, sie ist wirklich schön«, pflichtete ich Reynolds bei. Aber unwillkürlich dachte ich, daß sie zwar tatsächlich schön war, wenn man sie unter den gegenwärtigen Umständen betrachtete, aber als sie dieser grauenvoll verstümmelten Hand entglitten war, hatte ich sie nicht als Augenweide empfinden können.
Holmes schob seinen Suppenteller von sich und bemerkte: »Zugegeben, sie ist von einer gewissen protzigen Pracht, aber bedenken Sie doch die Tragödie und das Herzeleid und die Habgier, deren Ursache sie ist! Sarah Siddons, eine begnadete Schauspielerin, wurde zum Lustobjekt eines Prinzen, vielleicht bloß, um in ihren Besitz zu kommen. Ein Jahrhundert später mußte ihre Ururenkelin sterben, nur weil sie diese Brosche besaß. Und ein sadistischer Abenteurer verlor sein Blut in einem Haifischaquarium, weil er die Brosche gestohlen hatte. Wer weiß, zu welchen anderen Tragödien es ihretwegen schon gekommen ist.«
»Können Sie Harcourt denn wirklich einen sadistischen Mörder nennen?« protestierte ich. »Er hat gestanden, daß er es nicht fertigbrachte, Mrs. Hass' Leiche bei den Spinnen zurückzulassen.«

Holmes zuckte die Schultern. »Offenbar ein klassischer Fall von gespaltener Persönlichkeit. Doch da er nicht mehr lebt, werden wir es nie mit Sicherheit wissen.«
Während des weiteren Mahles — ein leichtes Sommerdinner: Hähnchenbrust in Soße, gefolgt von Halbgefrorenem und schließlich noch meiner Lieblingssüßspeise, einem Bettelmann — wählten wir angenehmere Themen, wie Holmes' Bienen, Reynolds' philatelistisches Steckenpferd und meine neuerliche Vorliebe für das Varieté.
Beim Kaffee holte Holmes eine Zigarre aus einem Lederetui und schnitt vorsichtig beide Enden ab. Dann löste er die Banderole und winkte Reynolds ab, der ihm mit so einem neumodischen Anzünder Feuer geben wollte. Während er eine Schachtel Streichhölzer aus der Tasche zog, sagte er: »Ich ziehe ja eine Pfeife jederzeit vor, aber schließlich muß man gewisse Rücksicht auf seine Mitmenschen nehmen.«
Als wir die Rechnung beglichen, jeder für sich, legte Reynolds fünf Sovereigns auf den Tisch. Ich sagte: »Bei George, Inspektor, ist das nicht ein etwas zu großzügiges Trinkgeld?«, denn mir waren die glitzernden Augen des herumstehenden Obers nicht entgangen.
Reynolds bedachte mich mit einem schneidenden Blick und entgegnete: »Ging unsere Wette nicht um diese Summe, Doktor?«
Holmes lachte. »Ah, ich bin den Behauptungen meines Freundes gerecht geworden, nicht wahr, Inspektor?«
Ich schob das Geld in meine Tasche, und wir verließen das Restaurant in bester Laune.

Das unrühmliche Ende der Urlaubsvertretung

Kurz nach dreiundzwanzig Uhr erreichten Holmes und ich die St. George's Terrace. Überrascht und etwas besorgt stellte ich fest, daß Licht hinter den Fenstern brannte.

Ich flüsterte Holmes zu: »Ich fürchte, daß während unserer Abwesenheit eingebrochen wurde!«

Holmes war weniger beunruhigt als ich. Er entgegnete: »Beachten Sie den Schatten auf der Jalousie, Watson. Er bewegt sich mit einer Selbstverständlichkeit, die darauf hindeutet, daß er ein Recht hat, da zu sein, wo er ist. Ich vermute, der Arzt, dessen Vertretung Sie übernahmen, ist unerwartet zurückgekehrt.«

Ich muß gestehen, ich schloß die Haustür mit etwas zittrigen Fingern auf.

Holmes hatte völlig recht in seiner Annahme gehabt, daß Dr. Ambrose FitzRoy zurückgekehrt war. Er stellte uns am oberen Treppenabsatz, und sein hochrotes Gesicht verriet alle Anzeichen einer bevorstehenden Apoplexie. Er brüllte mich an: »Watson! Sie Schurke! Da sind Sie! Es überrascht mich, daß Sie den Nerv haben, mir unter diesen Umständen unter die Augen zu treten!«

Ich stammelte: »Ist . . . ist etwas passiert?«

»Passiert, Sir? Passiert?«

Ich machte einen Schritt die Treppe hoch, weil ich befürchtete, der Schlag würde ihn sogleich treffen, aber er fuhr fort: »Ich ließ meine Praxis, die ich in vielen Jahren zu dem machte, was sie vor Ihrer Übernahme war, in Ihren Händen zurück, weil ich Sie nicht nur für einen tüchtigen Arzt, sondern auch für eine zuverlässige und ver-

antwortungsbewußte Person hielt. Doch bereits nach wenigen Tagen sehe ich mich auf die Nachricht meiner Putzfrau hin gezwungen, meinen hartverdienten Urlaub im Badeort Harrogate abzubrechen und zurückzukehren. Sir, meine Zugehfrau *ist* eine zuverlässige und verantwortungsbewußte Person. Sie teilte mir mit, daß Sie meine Patienten vernachlässigen, ja sich ihrer in manchen Fällen überhaupt nicht angenommen haben, daß Sie sie in aller Eile abfertigten und den guten Ruf meiner Praxis ruinierten!«
Ich hielt es für nötig, mich gegen diese Verleumdungen zur Wehr zu setzen oder zumindest diese Beschuldigungen zurückzuweisen. »Dürfte ich fragen, wie Ihre Putzfrau, die ja während der Sprechstunde nicht zugegen ist, von meiner angeblichen Pflichtverletzung wissen könnte?«
Er blickte mich haßerfüllt an. »Meine Patienten erzählen in ganz Kemp Town herum, wie Sie sie behandelt — oder vielmehr nicht behandelt haben. Doch das ist nicht alles. Mrs. Cooke informierte mich außerdem, daß Sie ohne meine Erlaubnis eine zweifelhafte Person mit unverzeihlichen Angewohnheiten bei sich aufgenommen haben. Ich brauche mich bloß im Wohnzimmer umzusehen, um zu erkennen, daß diese Person ein ausgesprochener Feind der Ordnung ist!« Theatralisch deutete er ins Wohnzimmer mit seinem für Holmes typischen, scheinbaren Chaos. Dann richtete er den anklagenden Finger auf Holmes, der ein oder zwei Stufen unter mir auf der Treppe stand. »Und dies ist wohl das betreffende Individuum?«
Ich entgegnete: »Dies, Sir, ist mein alter Freund und Kollege, Mr. Sherlock Holmes, der berühmte Detektiv aus der Baker Street. Es dürfte Sie vielleicht interessieren,

daß er Inspektor Reynolds von der Brightoner Kriminalpolizei bei seinen Ermittlungen von großer Hilfe war.«
»Das überrascht mich absolut nicht«, sagte Dr. FitzRoy hämisch, und mir wurde bewußt, daß er mich mißverstanden hatte.
So verbesserte ich mich hastig, indem ich sagte: »Ich meine damit, daß er durch eine Reihe brillanter Deduktionen beigetragen hat, einen bedeutenden Raubmordfall zu lösen.«
Fast explodierte FitzRoy nunmehr, und ich fürchtete für seinen Blutdruck. »Dies, Sir«, schrie er, »ist eine Arztpraxis, kein Polizeirevier! Sie hätten besser daran getan, sich auf die Behandlung meiner Patienten zu beschränken! Hiermit teile ich Ihnen mit, daß unsere Abmachung beendet ist, Sir! Sie und Ihr berüchtigter Freund werden sofort mein Haus verlassen! Gehen Sie, beide, packen Sie ihren Kram und verschwinden Sie!«
Ich murmelte, daß es mitten in der Nacht sei, doch er entgegnete mitleidlos: »Spätnachts oder frühmorgens, das interessiert mich nicht! Verschwinden Sie, Sir! Verschwinden Sie, ehe ich die Polizei rufe!«
Wir begaben uns ins Obergeschoß und packten unsere Koffer in Rekordzeit. Alsbald verließen wir St. George's Terrace Nummer 16a für immer. Während wir einsam und verlassen auf der Straße standen, drückte ich die Kiste mit meinem Mikroskop an mich und sagte hitzig: »Also wirklich, mein teurer Holmes, Sie hätten auch etwas zu unserer Verteidigung sagen können!«
Aber er antwortete nicht, denn offenbar bekam er gerade, zumindest schien es mir so, einen leichten hysterischen Anfall.
»Aber Holmes!« rügte ich verärgert, »es ist wahrhaftig

nicht zum Lachen! Was sollen wir tun? Zu dieser späten Stunde fahren keine Züge, die wir nehmen könnten. Vielleicht finden wir noch Unterkunft in einem Hotel.«

Immer wieder von heftigem Gelächter unterbrochen, quetschte Holmes hervor: »Auf mein Wort, Watson, manchmal gehen Ihre Übertreibungen zu weit. FitzRoys Gesicht war ein Bild für Götter, als Sie mich als den ›berühmten Detektiv aus der Baker Street‹ vorstellten. O mein Gott, Sie haben sich da in Ihrem eigenen Netz verstrickt! Leichtsinnige Wetten abschließen, Patienten vernachlässigen, mitten in der Nacht auf die Straße gesetzt werden . . .« Ein neuerlicher Lachanfall schüttelte ihn.

Ich richtete mich zu voller Größe auf und sagte kalt: »Ich freue mich, daß Sie es so belustigend finden, Holmes, aber Gelächter löst unser unmittelbares Problem nicht.«

Er wurde wieder so weit ernst, daß er mir beistimmen konnte. »Sie haben recht, Watson, wir müssen praktisch denken. Sie werden den Rest der Zeit, die Sie für Dr. FitzRoys Urlaubsvertretung vorgesehen hatten, als mein Gast in Fowlhaven verbringen. Es wird wie in alten Zeiten sein, mein lieber Freund. Ich habe soviel, was Sie interessieren wird, wie beispielsweise meine Sammlung von ›Phonogramm‹-Walzen. Ich fühle mich zumindest zum Teil verantwortlich für die peinliche Lage, in die Sie gerieten, und werde es gutmachen.«

Ich war gerührt, erkannte jedoch, daß unsere gegenwärtige mißliche Lage damit nicht behoben war, so sagte ich: »Wie freundlich von Ihnen, Holmes, aber wie können wir zu dieser nachtschlafenden Zeit dorthin gelangen?«

Holmes war bereits dabei, dieses Problem zu lösen. Er schwenkte seinen Spazierstock, um die Aufmerksamkeit eines Kutschers auf uns zu lenken, der ebenso heruntergekommen aussah wie seine Droschke und die Gäule, die sie zogen. Das Gefährt bremste und hielt an. Der Kutscher beugte sich zu uns herunter und fragte: »Wohin, Guv'nor?«

»Wäre es möglich, daß Sie uns nach Fowlhaven bringen? Es liegt auf der Straße nach Eastbourne.«

Der Kutscher kaute an einem verstümmelten Pfeifenstiel, während seine listigen Knopfaugen Holmes unter der schmutzigen Krempe einer eingebeulten Melone musterten. Er mochte einer der letzten seines Standes sein, wenn man den zunehmenden Trend zur motorisierten Droschke bedachte. Schließlich sagte er: »Ich weiß, wo Fowlhaven ist, und das ist eine verdammt lange Strecke. Keines dieser neumodischen Taxis würde Sie mitten in der Nacht so weit fahren. Aber ich bringe Sie hin, wenn es sich für mich lohnt.«

Holmes erkundigte sich: »Und wieviel würden Sie als lohnend erachten?«

Der Kutscher überlegte ein paar Sekunden, dann erklärte er: »Fünf Sovereigns, Guv. Nicht mehr und nicht weniger.«

Holmes öffnete die Tür und machte sich daran, unser Gepäck hineinzuwerfen. »Einverstanden«, rief er dem Kutscher zu. Und etwas leiser fügte er hinzu: »Was sind schon fünf Sovereigns für einen, der solches Glück beim Wetten hat wie Dr. John H. Watson?«